25

The
Emerald
Lizard

2¹

La lagartija esmeralda

The Emerald Lizard

Fifteen Latin American Tales to Tell
in English and Spanish

Pleasant DeSpain

La lagartija esmeralda

Quince cuentos tradicionales
Latinoamericanos

Translated by Mario Lamo-Jiménez

August House Publishers, Inc.
LITTLE ROCK

Published 1999 by August House, Inc.,
P.O. Box 3223, Little Rock, Arkansas, 72203,
501-372-5450.

Printed in the United States of America

10 9 8 7 6 5 4 3   HB
10 9 8 7 6 5 4 3 2   PB

LIBRARY OF CONGRESS
CATALOGING-IN-PUBLICATION DATA
DeSpain, Pleasant.
The emerald lizard : fifteen Latin American tales to tell /
[retellings by] Pleasant DeSpain.
p. cm.
English and Spanish.
Bibliography and sources are included in "Notes" at end.
Summary: A retelling in English and Spanish of fifteen traditional
tales from a variety of Latin American countries.
ISBN 0-87483-551-8 (hbk. : alk. paper). — ISBN 0-87483-552-6 (pbk. : alk.
paper)
1. Tales — Latin America. 2. DeSpain, Pleasant—Translations into
Spanish. [1. Folklore—Latin America—Bilingual. 2. Spanish Language
Materials.] I. Title
GR114.D47 1999
398.2'098—dc21   99-10537

Executive editor: Liz Parkhurst
Project editor: Jason H. Maynard
Book design: Christopher Whited
Illustrations: Don Bell

AUGUST HOUSE, INC.   PUBLISHERS   LITTLE ROCK

for Merna Ann Hecht
storyteller, poet, teacher, friend

and in loving memory of James Gagner
body/mind therapist, yoga master, friend

"Come to dinner on Sunday.
Marina, bring your salad.
Federico, bring your stories."

—Overheard in a public market
in San Jose, Costa Rica

Contents

Índice

Acknowledgments

With this, my ninth book, I'm again humbled and awed by the spirit of generosity demonstrated by friends, family, and colleagues in helping me accomplish the task. Genuine appreciation to:

- Eleanor J. and Edward E. Feazell, my mother and stepfather, for unconditional love and support
- Liz and Ted Parkhurst, publishers
- Jason H. Maynard, editor and project manager
- Peder Jones, President of Straight Line Editorial Development, San Francisco, California
- Naomi Baltuck, storyteller
- Audrey Kopp, storyteller
- Mario Lamo, poet, author, translator
- Roberto Serrano, Rebecca Martin and Jorge Lopez, for reading Spanish tales
- Rustam Kothavala, Toby Marotta, Jerry Curl and Les Elliot, for advice and encouragement

Introduction

Latin America is enormous in size and rich in tradition. Stretching from northern Mexico to Tierra del Fuego, South America's furthest archipelago, the land embraces many different countries and cultures. Ruled by Spain and Portugal during the past three hundred years, the original inhabitants have fallen under the cultural and linguistic influences of their conquerors. Latin America today presents a complex tapestry of native, Spanish, European, and African influences.

My love for Latin America began in 1970, during a six-month journey throughout Mexico and into Guatemala. Ostensibly in search of adventure, I was actually seeking a meaningful direction for my life. It was in San Blas, in the Mexican state of Nayarit, when I decided to find, tell, and ultimately, write stories. Soon after, I met an elderly Huichol Indian offering beautiful hand-woven *bolsas* (shoulder bags of various sizes) for sale. I purchased a small one, brightly colored and elaborately designed with mystical symbols of his culture. His English-speaking grandson helped with the transaction. I explained that from that day forth, the *bolsa* would hold my stories. The old man smiled and, through his grandson, told me the oldest story he knew—the mythic Huichol version of the deluge. As he said, "The oldest should walk first into the storybag."

It has taken thirty years to fill the beautiful *bolsa* with hundreds of tellable tales from the world's cultures. Many of them, collected from my travels in Latin America, continue to enrich my life and presentations.

The stories in this book, chosen from fifteen Latin American countries and cultures, are my retellings of traditional folktales, myths, and legends. Each contains original imagery, pacing, and most significantly, a narrative voice that can only be achieved through years of telling aloud. Most importantly, at least to this storyteller, they have proven successful with audiences of all ages. Read and tell these tales with the wisdom, humor, and wonder they so clearly embody.

—*Pleasant DeSpain*
Tucson, Arizona
March 1998

Introducción

América Latina es un continente extenso y rico en tradiciones. Abarca desde el norte de México hasta la Tierra del Fuego, el archipiélago más alejado de América del Sur. Se trata de una tierra donde coexisten muchos países y culturas. Gobernada por España y Portugal por mas de trescientos años, sus habitantes originales han caído bajo la influencia cultural y lingüística de sus conquistadores. La América Latina de hoy nos presenta un tejido complejo de influencias nativas, españolas, europeas y africanas.

Mi amor por América Latina empezó en 1970 durante un viaje de seis meses por México hasta Guatemala. Aunque iba en busca de aventuras, en verdad estaba buscando cómo darle una dirección significativa a mi vida. Estaba en San Blas, en el estado mexicano de Nayarit, cuando decidí buscar, contar y por último escribir cuentos. Poco después, me encontré con un anciano indígena huichol que vendía hermosas bolsas tejidas (del tipo que se carga en los hombros, de varios tamaños). Yo compré una pequeña, de colores brillantes y con un elaborado diseño de los signos místicos de su cultura. Su nieto, quien hablaba inglés, ayudó con la transacción. Yo les expliqué que de ese día en adelante, la bolsa serviría para guardar mis relatos. El anciano sonrió y a través de su nieto me contó el cuento más antiguo que sabía, la versión mítica de los huicholes acerca del Diluvio Universal. Como dijera él, "Lo más antiguo debe ser lo primero en guardarse en la bolsa de relatos".

Me ha tomado treinta años para llenar la hermosa bolsa con cientos de relatos de diferentes culturas del mundo. Muchos de ellos, que han sido recolectados durante mis viajes por América Latina, continúan enriqueciendo mi vida y mis presentaciones.

Los cuentos de este libro, escogidos de quince países y culturas latinoamericanos, son mis versiones de cuentos tradicionales, mitos y leyendas. Cada uno contiene no sólo unas imágenes y un ritmo originales, sino además una voz narrativa original que sólo se puede obtener a través de años de contar cuentos en voz alta. Pero lo más importante, por lo menos para este narrador oral, es que les hayan gustado a audiencias de todas las edades. Lean y vuelvan a contar estos cuentos con la sabiduría, el humor y la maravilla que ellos tan claramente representan.

—*Pleasant DeSpain*
Tucson, Arizona
Marzo de 1998

12

The Emerald Lizard

Guatemala

In the late 1600s, in the city of Santiago de Guatemala, there lived a priest who had the heart of an angel. His name was Brother Pedro San Joseph de Bethancourt, and the peasants whispered that he could perform miracles.

One hot summer afternoon, Brother Pedro met up with a poor Indian named Juan on a dusty road. Juan looked extremely worried.

"What troubles you, my friend?" asked the priest.

"It's my wife," replied Juan hurriedly. "She's sick and needs medicine. I have no money. The doctor says she will die without medicine. I don't know what to do."

Brother Pedro wanted to help, but he had no money to give to Juan. Just then, a small green lizard ran across the road. The priest reached down and caught it with a quick grab. Holding the wriggling lizard gently, he placed it next to his heart. The good brother then handed the lizard to the poor man.

Juan was astonished. The lizard had turned into solid emerald. He thanked Brother Pedro profusely for his kindness and ran to town. He found a willing merchant and exchanged the gift for medicine, food, and three cows. His wife recovered soon after, and Juan knew happiness once again.

Years passed, and Juan prospered in the cattle business. The day arrived when, with a fat purse on his belt, he returned to the marketplace to repurchase the emerald lizard from the merchant.

"I'm sorry," the merchant said, "but the gem isn't for sale. It brings me much luck."

"And so it will today," replied Juan, counting out ten times the amount he had received for it so many years before.

The merchant grinned. "The lizard is yours, my friend," he said.

Juan searched far and wide for Brother Pedro. At long last he found him living in the countryside.

The old priest, long retired and somewhat infirm, recognized his visitor at once.

"My dear friend," said Brother Pedro. "What brings you out this far?"

"A gift of many years past," answered Juan. "A gift that I now wish to return."

"Come in, come in, and tell me all about it," said the priest. "You are in time to share my mid-day meal."

Brother Pedro's small house was poor but clean. He offered Juan a simple repast of vegetable stew and dark bread.

Juan told the old priest the story of his prosperity and explained that he wanted to help make life easier for him. He slowly unwrapped the treasure and placed it in the center of the table, next to the loaf of bread. Bright sunlight streamed though the open window, causing the deep-green lizard to shimmer.

Brother Pedro gazed at the marvel for a long moment, then said, "I remember now, and I remember well. It's a thoughtful and loving gesture, Juan. I humbly thank you."

The old priest picked up the gift, and tenderly held it to his heart. Then he slowly lowered it to the floor. The lizard awoke and scurried to freedom through the open door.

La lagartija esmeralda

Guatemala

Al final del siglo XVII, en la ciudad de Santiago de Guatemala, vivía un cura que tenía un corazón de ángel. Su nombre era Pedro San José de Betancourt, y los campesinos murmuraban que él hacía milagros.

Una tarde caliente de verano, el hermano Pedro se encontró con un indígena pobre llamado Juan en un camino polvoriento. Juan parecía extremadamente preocupado.

— ¿Cuál es tu problema, amigo mío? —preguntó el cura.

— Se trata de mi esposa — replicó Juan apresuradamente—. Ella est enferma y necesita medicina. Yo no tengo dinero. El doctor dice que sin medicina se va a morir. Yo no sé qué hacer.

El hermano Pedro lo quería ayudar, pero no tenía dinero para darle a Juan. Justo en ese momento, una pequeña lagartija verde atravesó el camino. El cura se agachó y la atrapó con rapidez. Sosteniendo con cuidado la lagartija que se retorcía, la colocó junto a su corazón. El buen hermano le entregó después la

18

lagartija al pobre hombre.

Juan estaba sorprendido. La lagartija se había convertido en una esmeralda sólida. Él le agradeció inmensamente al hermano Pedro por su bondad y se fue de prisa al pueblo. Pronto encontró a un comerciante interesado e intercambió el regalo por medicinas, alimentos y tres vacas. Su esposa se recuperó poco después y Juan volvió a sentir la felicidad.

Pasaron los años y Juan prosperó en el negocio de ganado. Llegó el día en que, con su bolso lleno de dinero a la cintura, regresó al mercado para comprarle de vuelta al comerciante la lagartija esmeralda.

— Lo siento — dijo el comerciante— pero la gema no está a la venta. Me trae muy buena suerte.

— Y eso es lo que te va a traer hoy — replicó Juan, contando diez veces la cantidad que había recibido por ella muchos años atrás.

El comerciante sonrió, — La lagartija es tuya, amigo mío— dijo.

Juan buscó al hermano Pedro por doquier. Después de mucho tiempo lo encontró viviendo en el campo.

El anciano cura, quien se había retirado hacía mucho tiempo y estaba algo enfermo, reconoció inmediatamente a su visitante.

— Querido amigo — dijo el hermano Pedro —. ¿Qué te trae por estas lejanías?

— Un regalo de hace muchos años — contestó Juan —. Un regalo que ahora quiero devolver.

— Sigue adelante, por favor, y cuéntame de qué se trata

— dijo el cura —. Estás a tiempo para compartir mi comida del mediodía.

La pequeña casa del hermano Pedro era pobre pero limpia. Le ofreció a Juan una comida simple de guisado de verduras y pan oscuro.

Juan le contó al anciano cura la historia de su prosperidad y le explicó que quería hacerle la vida más fácil. Lentamente desempacó el tesoro y lo colocó en el centro de la mesa, junto a la hogaza de pan. La luz del sol alumbraba brillantemente por la ventana abierta, haciendo que la lagartija verde oscura refulgiera.

El hermano Pedro miró la maravilla por un momento y luego dijo: — Ahora me recuerdo y me recuerdo bien. Es un gesto atento y cariñoso, Juan. Humildemente te lo agradezco.

El viejo cura cogió el regalo y tiernamente lo sostuvo junto a su corazón. Luego, lentamente lo llevó al piso. La lagartija se despertó y se escurrió hacia la libertad por la puerta abierta.

Renting a Horse

Haiti

U ncle Bouki lived in Haiti long, long ago. He wasn't very rich and he wasn't very smart, but with the help of his friends, he got on in the world.

One morning, Uncle Bouki's burro ran away.

"Wah! How will I get my yams to market? I'll have to rent a horse from Mr. Royce."

Mr. Royce was the richest man in all of Haiti. Mr. Royce was the stingiest man in all of Haiti. Mr. Royce was the trickiest man in all of Haiti, or so he thought. He lived in a twelve-room mansion, high on a hill, and his huge barn was full of strong horses.

Uncle Bouki climbed the steep, dusty road to the rich man's house.

"I must take my yams to market tomorrow," he explained to Mr. Royce. "I'll need to rent a good horse. I can pay you five gourdes[1]."

Mr. Royce smiled cruelly and said, "Ten gourdes is my price - not a centime less."

"But I have only five gourdes," said Uncle Bouki.

"Give me the five now, and the other five when you return my horse tomorrow night. You'll have plenty of cash after you sell your yams."

1. Gourde. Haitian currency unit. One hundred centimes equal one gourde.

"But I need it for my family," said Uncle Bouki.

"And I need it for the rent on my horse," explained Mr. Royce.

Uncle Bouki gave him the money and said that he would return for the horse the next morning. He walked slowly down the steep road leading back to his small and crowded house. Something was standing in the garden eating the carrots. It was his burro! His mouth fell open in surprise. She had found her way home. Uncle Bouki was so happy, because now he wouldn't have to rent the expensive horse.

Realizing that Mr. Royce wouldn't give the five gourdes back easily, Uncle Bouki talked the situation over with his clever friend, Ti Malice.

"Don't worry your head about it," said Ti Malice. "We'll pay Mr. Royce a visit this afternoon. Play along with me and we'll get your money back, and more."

They walked back to the rich man's house and asked Mr. Royce to bring the rental horse out from the barn.

"We want to make sure the horse is suitable for tomorrow's job," explained Ti Malice.

Mr. Royce grumbled about the wasted effort, but brought the horse out anyway.

Ti Malice took a piece of knotted string from his back pocket and began to measure the length of the horse's back. Starting at the neck, he measured twelve inches down the back.

"This is where you will sit, Bouki," he said, "and since your wife is smaller than you, she will need ten inches." He marked off the ten inches.

"Your twins will fit here, six inches each," he said, measuring twelve inches more. "Now your mother-in-law is a big woman and will require at least twenty inches. That takes us right up to the tail. But wait, where will I sit? And my wife wants to go to the market, too."

"What is the meaning of this?" demanded Mr. Royce. "You can't put seven people on a horse."

"Please don't interrupt," said Ti Malice. "Let's move the twins to the horse's neck. I'll squeeze behind your mother-in-law, and my wife will sit on my lap."

"What about the six sacks of yams?" asked Uncle Bouki. "Where will we put them?"

"We'll strap them onto the horse's sides, before we all climb on."

"This is utter nonsense!" cried Mr. Royce. "You can't put seven people and six sacks of yams on my horse. It would kill him. I won't rent him to you. The deal is off."

"But you already *have* rented him to me," said Uncle Bouki. "I gave you half the money this morning."

"I'll give it back," said the rich man, reaching into his pocket. "Here is your five gourdes."

"The agreement was for *ten* gourdes," said Ti Malice. "The deal isn't off unless you give Uncle Bouki the rest. You owe him another five gourdes."

"No, no," said Mr. Royce, "that isn't fair. I won't give another centime."

Ti Malice measured the length of the horse's neck and said, "I think we can put your neighbor's three small children up here with the twins. They will enjoy a ride to the city."

Mr. Royce turned red in the face as he reached deep into his pocket. Pulling out another five gourdes, he cried, "Take it. Take it and get away from my horse!"

Uncle Bouki shared the extra money with Ti Malice. What a story they had to tell their families. They laughed all the way home.

Un caballo para alquilar

Hace muchísimo tiempo vivía en Haití Tío Bouki. No era muy rico ni muy listo, pero había conseguido salir adelante en la vida con la ayuda de sus amigos.

Una mañana la burra del Tío Bouki se escapó.

— ¡Bah! — gritó —. ¿Y ahora cómo voy a llevar mis batatas al mercado? Tendré que alquilar un caballo del señor Royce.

El señor Royce era el hombre más rico de todo Haití. El señor Royce era el hombre más mezquino de todo Haití. El señor Royce era el hombre más tramposo de todo Haití, o por lo menos así lo creía. Vivía en una mansión de doce habitaciones, situada en lo alto de una colina y su inmenso establo estaba siempre repleto de fuertes caballos.

Tío Bouki subió por el empinado y polvoriento camino que llevaba a la casa del señor Royce.

— Tengo que llevar mis batatas al mercado mañana — le explicó al señor Royce —. Necesito alquilar un buen caballo. Estoy dispuesto a pagarle cinco gourdes.

El señor Royce sonrió cruelmente y dijo: — Mi

27

precio son diez gourdes, ni un centavo de menos.

— Pero sólo tengo cinco gourdes — dijo Tío Bouki.

— Dámelos ahora y me das los otros cinco cuando devuelvas el caballo mañana por la noche. Tendrás mucho dinero cuando hayas vendido tus batatas.

— Pero necesito el dinero para mi familia — dijo Tío Bouki.

— Y yo lo necesito por el alquiler de mi caballo — explicó el señor Royce.

Tío Bouki le dio el dinero y le dijo que volvería por el caballo a la mañana siguiente. Bajó lentamente por el empinado camino hasta llegar a su pequeña y apiñada casa. Vio que había algo parado en su huerta comiéndose las zanahorias. ¡Era su burra! Quedó boquiabierto por la sorpresa. Quedó muy contento porque después de todo, no tenía que alquilar el costoso caballo.

Cayendo en cuenta de que el señor Royce no le devolvería los cinco gourdes con facilidad, Tío Bouki habló acerca del problema con su inteligente amigo, Ti Malice.

Tío Bouki fue a visitar a Ti Malice, su ingenioso amigo.

— No te preocupes por nada — dijo Ti Malice — . Iremos a la casa del señor Royce esta misma tarde. Sígueme la corriente y verás cómo te devuelve el dinero, y hasta te da dinero extra.

Caminaron hasta la casa del señor Royce y le pidieron que sacara el caballo para alquilar.

— Queremos asegurar que el caballo sí sirva para el trabajo de mañana — explicó Ti Malice.

El señor Royce se quejó de que estaban perdiendo el tiempo, pero de todas maneras sacó el caballo.

Ti Malice sacó de su bolsillo de atrás un cordel con nudos y empezó a medir la longitud del lomo del caballo. Empezando por el cuello, midió doce pulgadas.

— Tú te sentarás aquí, Bouki — dijo — , y como tu esposa es más pequeña que tú, va a necesitar diez pulgadas.

Y diciendo esto, marcó las diez pulgadas.

— Aquí cabrán tus hijos gemelos, seis pulgadas para cada uno — dijo midiendo doce pulgadas más — . Tu suegra, como es más acuerpada, necesitará por lo menos veinte pulgadas. Lo que nos lleva directamente a la cola. Pero, un momento, ¿dónde me voy a sentar yo? Y mi mujer también querrá ir al mercado.

— ¿De qué cosa hablan? — dijo el señor Royce — . No pueden sentar a siete personas en un caballo.

— Por favor, no interrumpa — dijo Ti Malice — . Pongamos a los gemelos en el cuello del caballo. Yo me apretujaré detrás de tu suegra, y mi esposa puede sentarse en mi regazo.

— Y los seis sacos de batatas, ¿qué hacemos con ellos?

— preguntó Tío Bouki.

— Los ataremos a los costados del caballo, antes de subirnos todos.

— ¡Tonterías! — gritó el señor Royce. — No pueden poner siete personas y seis sacos de batatas en mi caballo. Me lo van a matar. No se los voy a alquilar. ¡Olvídense del trato que habíamos hecho!

— Pero usted ya me alquiló este caballo a mí — dijo Tío Bouki. Yo le di la mitad del dinero esta mañana.

— Se lo daré de vuelta — dijo el hombre rico llevándose la mano al bolsillo — . Aquí tiene sus cinco gourdes.

— Habían acordado diez gourdes — dijo Ti Malice — . El trato no está roto hasta que usted le dé a Tío Bouki el resto. Le debe cinco gourdes.

— No, no — dijo el señor Royce — . Eso no es

justo, No le voy a dar ni un centavo más.

Ti Malice empezó a medir la longitud del cuello del caballo y dijo: — Podemos colocar a los tres hijos de tu vecino aquí, junto con los gemelos. Se van a divertir mucho cabalgando hasta al pueblo.

El señor Royce se puso rojo, y metiendo la mano esta vez hasta el fondo del bolsillo, dijo: — ¡Tomen esto. Tómenlo y dejen mi caballo en paz!

Tío Bouki compartió el dinero extra con Ti Malice. Qué cuento el que tenían para contarles a sus familias. Se rieron juntos por todo el camino de regreso a casa.

The Lake of the Moon
The Incan People of Peru

In ancient times, the moon rose slowly in the night
sky, enjoying her reflection in the calm waters of
lakes, ponds, and streams far below. Whenever she
hovered directly above the snow-capped mountains of
the Andes, however, she would become discouraged.
The thick clouds enveloping the tall peaks made it
difficult to see the waters below.

One night, though, the clouds above the Andes
were but wisps of white. Looking down, the moon saw
a pristine meadow high up on a mountainside. She
poured her own water down a beam of silver light,
filling the meadow's floor with a small jewel of a lake.
The pure, calm water reflected her image with
perfection. The moon glowed with pleasure.

Thirsty ground slowly swallowed the water, and by
the following night, the lake had vanished. The moon
grew angry.

Greedy animals must have drunk it dry, she
thought. *I'll teach them not to steal my treasure.*

Again she poured her water down a beam of light,
refilling the beautiful lake. She guarded it with a
special spell. Any creature who tasted her precious

water would sleep without waking. It wasn't long before the llamas, jaguars, and chinchillas began to vanish from the Andes.

On a clear night several weeks later, three bright stars discovered the lake. They marveled at its ability to perfectly reflect their faces.

"It shimmers like liquid silver," they told the sun. "It's the most beautiful lake on earth."

The sun searched for it the following day. When he found it, he grew angry.

"This is the work of the moon," he cried. "She's always been jealous of my golden light. She'll do anything to outshine me. I know how to fix her."

The sun sent two golden shrimp with red eyes to the bottom of the lake. He chanted:

> *Stir the water, rake the mud.*
> *Work all night, sleep all day.*
> *Cloud Moon's mirror,*
> *make her pay.*

The golden shrimp repeated:

> *Stir the water, rake the mud.*
> *Work all night, sleep all day.*
> *Cloud Moon's mirror,*
> *make her pay.*

34

The next night, when the moon climbed high above the Andes, the shimmering mirror below reflected nothing but turbulence. She thought the wind was at work, building for a storm.

"Tomorrow night will be calmer," sighed the moon.

The following night the once-placid lake water was even more agitated. Distraught, the moon cried, "Please, Wind, cease your constant blowing."

"It is not I who shakes your mirror," whispered the wind.

"Who dares to mock me?" cried the moon.

The sun laughed and told the golden shrimp to agitate the water even more.

The moon heard all. Roaring with anger, she shot a beam of silver light to the lake's surface. It shattered like glass, and the lake bed swallowed all the water with a single gulp. The sun's golden shrimp lay dead on the dry ground.

The llamas, jaguars, and chinchillas awoke from their sleeping spell and returned to the mountains and forests. The sun, fearing the moon's wrath, remained silent.

The moon was sad over her most pure reflection, now gone. Never again did she create another lake in the high mountain meadow.

Pleasant DeSpain

That is why, on some nights, the thin mountain air of the Andes feels sad. On other nights, the mountains roar as if a massive earthquake is ready to erupt. It is the sound of the moon shaking the mountains in memory of her perfect reflection, lost forever.

La laguna de la Luna

En tiempos remotos, la Luna se elevaba lentamente en el cielo nocturno, disfrutando su reflejo en las aguas tranquilas de los lagos, lagunas y quebradas que estaban a lo lejos. Sin embargo, siempre que estaba suspendida directamente sobre los picos cubiertos de nieve de Los Andes, se sentía desalentada. Las espesas nubes que envolvían los altos picos no le dejaban ver bien las aguas que estaban bajo ella.

Sin embargo, una noche, las nubes por encima de Los Andes eran solamente unas manchas blancas. Mirando hacia abajo, la Luna vio una prístina pradera en lo alto de la ladera de una montaña. Ella dejó caer su propia agua por un rayo plateado de luz, llenando el suelo de la pradera con la pequeña joya de una laguna. El agua pura y calmada reflejaba su imagen con perfección. La Luna brillaba de contenta.

La tierra sedienta se bebió el agua lentamente y al día siguiente el agua de la laguna había desaparecido. La Luna se enojó.

Seguramente los animales codiciosos se tomaron el agua hasta secarla, pensó ella. Les voy a enseñar que no se deben robar mi tesoro.

Una vez más, ella dejó caer su agua por un rayo de luz, volviendo a llenar la hermosa laguna. La protegió con un conjuro especial. Cualquier criatura que probara su preciosa agua dormiría sin despertarse. No pasó mucho tiempo antes de que las llamas, jaguares y chinchillas empezaran a desaparecer de Los Andes.

Una noche clara, varias semanas después, tres estrellas brillantes descubrieron la laguna. Se maravillaron de la habilidad conque perfectamente reflejaba sus rostros.

— Relumbra como plata líquida — le dijeron al Sol — . Es la laguna más bella de la tierra.

El Sol la buscó al día siguiente. Al encontrarla se enojó.

— Éste es el trabajo de la Luna — gritó — . Ella siempre ha estado celosa de mi luz dorada. Haría cualquier cosa para brillar m s que yo. Me encargaré de ella.

El Sol mandó dos camarones dorados de ojos rojos al fondo de la laguna. Él cantó:

Agiten la laguna, enturbien el agua.
Trabajen de noche, duerman de día.
La Luna no tendrá espejo,
por su osadía.

38

Los camarones dorados repitieron:

Agiten la laguna, enturbien el agua.
Trabajen de noche, duerman de día.
La Luna no tendrá espejo,
por su osadía.

A la mañana siguiente, cuando la Luna ascendió por encima de Los Andes, lo único que el fulgurante espejo reflejaba era turbulencia. Ella pensó que el viento estaba soplando, preparando una tormenta.

— Mañana estará más tranquilo — suspiró la Luna.

A la siguiente noche, el agua de la laguna que antes fuera plácida estaba incluso más agitada. Afligida, la Luna imploró: — Por favor, viento, deja de soplar constantemente.

— No soy yo quien agita tu espejo — susurró el viento.

— ¿Quién se atreve a burlarse de mí? — gritó la Luna.

El Sol se rió y les pidió a los camarones dorados que agitaran el agua aún más.

La Luna lo escuchó todo. Rugiendo de furia, disparó una rayo de luz plateada a la superficie de la laguna. Se quebró como si fuera de vidrio y el fondo de la laguna se chupó toda el agua de una sola bocanada. Los camarones dorados del Sol quedaron muertos en la tierra seca.

Las llamas, jaguares y chinchillas se despertaron del conjuro que los mantenía dormidos y regresaron a las montañas y a los bosques. El Sol, temeroso de la ira de la Luna, se quedó callado.

La Luna estaba triste de que su reflejo más puro hubiera desaparecido. Nunca más volvió a crear una laguna en la pradera de esta alta montaña.

Por eso es que, algunas noches, el aire delgado de Los Andes se siente triste. En otras noches, las montañas rugen como si un tremendo terremoto fuera a sacudir la tierra. Es el sonido de la Luna que hace temblar las montañas en memoria de aquel perfecto reflejo suyo, perdido para siempre.

Five Eggs

Long ago, a married couple named Jorge and
Angela lived in the city of Quito. They were
poor and often went to bed hungry.

One morning Angela counted out their last two
pesos. "Go to the market and buy an egg, husband,"
she said, "I'll cook it and we'll survive until
tomorrow."

Jorge put on his ragged coat and walked the long
mile to the busy marketplace. He approached the egg
vendor and said, "You look tired, my friend. Go
home to rest and let me do your work. I'll sell your
eggs with vigor. Anyone wanting to buy only two eggs
will leave with four."

"What do you want in return for this favor?"
asked the merchant.

"Two eggs are all I ask. My wife and I are hungry."

"I do need a good rest, Jorge," said the merchant,
"and I know you to be an honest man. I'll return in
four hours to collect the money."

Jorge worked hard at selling, and if he hadn't put
his two eggs under the table, he wouldn't have had
any to take home. The merchant, pleased with Jorge's

success, pulled three more eggs from his pocket and gave him a total of five for all his work.

Jorge ran home to Angela and placed the bounty on the table. "We feast today, my dear," he said.

"You make me proud, husband. Five delicious eggs all at one time. I'll cook them right away and we'll eat — two for you and three for me."

While Angela boiled the eggs, Jorge thought about what she had said.

"Dear wife, I think you have it backward. I worked hard for the eggs. Three are mine. Two are for you."

"Don't be silly, Jorge. I waited and worried for your return, and now I've prepared the eggs. I deserve three. You get two."

"Dear, dear Angela, I know how stubborn you can be, but I've worked hardest for this meal. I want three."

"You'll get two and that's all there is to it. Now let's eat."

"Angela ..." warned Jorge.

"Jorge ..." warned Angela.

"If you eat three eggs, I'll pack up and leave," Jorge said.

"If I don't get three eggs, I'll die," responded Angela.

"Then die, and see if I care."

To Jorge's amazement, Angela closed her eyes and

fell to the floor, pretending to be dead.

"My poor Angela has died," he said loud enough for her to hear. "I'll have to make a casket for her burial. Of course, if she had agreed to two eggs, I would not have to take her to the graveyard."

"I want three," came a whispered voice from the floor.

Jorge gathered the lumber and built a sturdy coffin. He carried it into the house and, with the help of his neighbors, placed Angela inside.

"My dear wife is gone," Jorge said to the others. "I'm sure she'll have plenty of eggs to eat in heaven. Too bad she wasn't satisfied with the two she was offered here on earth."

"I still want three," the voice whispered.

They carried the coffin to the graveyard and started to dig the hole. Jorge leaned down to his wife and said, "It's time to stop playing this game. You take two and let me have three. Otherwise, you'll perish."

"I get three. Now leave me alone. I'm about to be buried."

Jorge lifted the coffin lid in place and picked up his hammer to begin nailing it down.

Angela pushed the lid off and sat up, saying, "All

45

right, you win. You get three eggs and I get two. I'm hungry. Let's go home."

They ran home and sat down to eat. Angela placed three eggs on Jorge's plate and two on her own. Jorge ate one of his eggs and praised Angela for cooking it so well.

Angela ate one of hers and praised Jorge for earning the five eggs.

Jorge ate his second egg and told Angela that she was a good sport. Angela ate her second egg and told Jorge that he built a nice coffin.

Jorge picked up his third egg. "Look out behind you!" Angela screamed. "It's a tarantula on the wall!"

Jorge set the egg down and spun around to look.

That was his mistake. Angela reached over, grabbed the egg, and swallowed it whole.

"Three for me," was all she said.

46

Cinco huevos

Ecuador

Hace mucho tiempo, vivía en la ciudad de Quito un matrimonio. Él se llamaba Jorge y ella se llamaba Ángela. Ellos eran pobres y a menudo se acostaban con hambre.

Una mañana, Ángela contó sus últimos dos pesos.

— Marido, ve al mercado y compra un huevo — dijo ella — yo lo cocinaré y sobreviviremos hasta mañana.

Jorge se puso su gastado abrigo y caminó un kilómetro muy largo hasta llegar al animado mercado. Se le acercó al vendedor de huevos y dijo: — Pareces cansado, amigo mío. Ve a casa a descansar y déjame hacer tu trabajo. Yo venderé tus huevos con toda mi energía. Cualquiera que quiera comprar sólo dos huevos saldrá con cuatro.

— ¿Qué quieres en pago por este favor? — preguntó el comerciante.

— Dos huevos es todo lo que pido. Mi esposa y yo tenemos hambre.

— Sí, necesito un buen descanso, Jorge — dijo el comerciante — y sé que eres un hombre honesto. Regresaré en cuatro horas a recoger el dinero.

Jorge trabajó duro vendiendo y si no hubiera

puesto sus dos huevos bajo la mesa, no habría tenido ninguno para llevarse a casa. El comerciante, complacido por el éxito de Jorge, sacó tres huevos más de su bolsillo y le dio un total de cinco huevos por todo su trabajo.

Jorge corrió a casa donde estaba Ángela y colocó la recompensa en la mesa. — Nos daremos un festín hoy, querida — dijo él.

— Estoy orgullosa de ti, marido. Cinco huevos deliciosos, todos juntos. Los voy a cocinar ahora mismo y nos los comeremos; dos para ti y tres para mí.

Mientras que Ángela cocinaba los huevos, Jorge pensó en lo que ella había dicho.

— Querida esposa, estás viendo las cosas al revés. Yo trabajé duro por los huevos. Tres son para mí. Dos son para ti.

— No seas tonto, Jorge. Yo te esperé y me preocupé para que regresaras y ahora he preparado los huevos. Yo merezco tres. A ti te tocan dos.

— Queridísima Ángela, yo sé lo terca que puedes ser, pero yo trabajé más duro para conseguir esta comida. Yo quiero tres.

Te tocan dos y no hay nada más qué hablar. Ahora, comamos.

— Ángela ... — le advirtió Jorge.

48

— Jorge ... — le advirtió Ángela.

— Si tú te comes tres huevos, empacaré mis cosas y me iré — dijo Jorge.

— Si no me tocan tres huevos, moriré — respondió Ángela.

— Entonces, muérete y mira si me importa.

Para sorpresa de Juan, Ángela cerró los ojos y se cayó al piso, haciéndose la muerta.

— Mi pobre Ángela se ha muerto — dijo él en voz lo suficientemente alta como para que ella lo oyera. Tendré que hacer un ataúd para su entierro. Claro está, que si ella hubiera aceptado dos huevos, no tendría que llevarla al cementerio.

— Yo quiero tres — susurró una voz desde el piso.

Jorge recogió la madera y construyó un fuerte ataúd. Lo llevó a la casa y, con la ayuda de los vecinos, colocó a Ángela en su interior.

— Mi amada esposa se ha ido — les dijo Jorge a los demás. Estoy seguro que tendrá muchos huevos para comer en el cielo. Lástima que no estuviera satisfecha con los dos que le ofrecieron en esta tierra.

— Todavía quiero tres — susurró la voz.

Llevaron el ataúd al cementerio y empezaron a cavar el hueco. Jorge se inclinó hacia su esposa y dijo:

— Es hora de parar este juego. Toma dos y déjame a mí tres. De otra manera, perecerás.

— Tres son para mí. Ahora déjame en paz. Estoy a punto de ser enterrada.

Jorge le puso la tapa al ataúd, tomó el martillo y empezó a clavarla.

Ángela quitó la tapa de un empujón y se sentó, diciendo:

— Está bien, tú ganas. A ti te tocan tres huevos y a mí dos. Tengo hambre, vamos a casa.

Se fueron de prisa a casa y se sentaron a comer. Ángela colocó tres huevos en el plato de Jorge y dos en el suyo. Jorge se comió uno de sus huevos y alabó a Ángela por haberlo cocinado tan bien.

Ángela se comió uno de los suyos y alabó a Jorge por haberse ganado los cinco huevos.

Jorge se comió su segundo huevo y le dijo a Ángela que ella era una buena persona. Ángela se comió su segundo huevo y le dijo a Jorge que había hecho un buen ataúd.

Jorge tomó su tercer huevo. — ¡Mira detrás de ti! — gritó Ángela — . ¡Hay una tarántula en la pared!

Jorge puso su huevo en la mesa y se volteó a mirar.

Ése fue su error. Ángela estiró la mano, tomó el huevo y se lo comió entero.

— Tres para mí — fue todo lo que dijo.

The Flood
The Huichol People of Mexico

L ong before the Spanish came to the place now
called Mexico, the first people to inhabit the
land were the Huichol[2]. They lived in caves, and grew
maize, pumpkins, and beans.

Life was hard. Life was peaceful.

One of the Huichol was a strong young man who
lived apart from the families. One morning, the youth
awoke to find a black female dog guarding his cave
entrance. He tried to shoo her away. She licked his
hand, wagged her tail, and refused to leave.

"Earth Goddess must have sent me this gift," he
said aloud, "and I give thanks."

Soon after, the Huichol leaders told the youth it
was time to marry and have a family. He agreed,
saying, "I'll raise one more maize crop. Then I'll be
ready."

Day after day, he labored in his field, tilling the
hard earth and planting precious seeds. He returned
to the field each morning only to discover his work
undone. The ground was packed hard again, and the
seeds were carefully piled at the field's edge.

"Earth Goddess!" he cried. "What have I done?

2. Huichol (we' chol)

Please tell me."

An ancient woman with bright eyes appeared before him. She supported her bent body with a mesquite-wood branch. She beckoned him to lean down to hear her whispered words.

"The flood of all floods is soon to come. It will cover the earth. Every person, creature, and plant will drown. You alone have been chosen to live."

"How will I survive?"

"Chop down the largest tree at the edge of your field and cut it into thick planks. Use the planks to build a watertight box with a strong lid. Make it large enough for you and the black dog I sent you. Place seven seeds of each in the box — maize, pumpkin, and bean. Do not delay. The rain begins in seven days."

So saying, Earth Goddess vanished.

The young man did as he was told, and on the morning of the seventh day, the box was finished. He wrapped the seeds in broad leaves and carefully packed them in a clay jar. After sealing the jar with beeswax, he called to the black dog. She jumped into the box without hesitation. Finally, he climbed in and maneuvered the heavy lid into place. No light crept in through the wooden joints. The box was watertight.

54

It began to rain. The sky opened wide and poured an unceasing ocean of fresh water upon the land. The deluge was complete.

The wooden box rose high on the new waves and bobbed and flowed wherever swift currents carried it. The man and dog fell into a deep and profound sleep. The rain, as well as their sleep, continued for seven years.

At the end of the seven years, the rain stopped falling. The bright sun came out and the waters began to recede. Several days later, the box came to rest on a mountaintop. The man and dog awoke. He pushed the lid aside and they climbed out of the box.

Earth Goddess appeared before them with her mesquite-wood staff. Wherever she pointed, trees, forests, birds, animals, and creatures of all kinds appeared. When again the earth was alive and green, she vanished.

The youth cut down tall trees, moved heavy rocks, and planted three fields with the seven seeds of each — maize, pumpkin, and bean. He worked hard and the crops flourished. He and the dog ate well. As the last Huichol on earth, however, he was lonely.

One day he returned from the fields to find his evening meal already prepared. It happened again the following night and for four nights to follow. On the seventh night, he came home early. Hiding in the trees, he watched in amazement as the black dog took off her coat and became a beautiful young woman. She had long black hair and bright shining eyes. She built a fire and began to prepare their meal. He waited until she went into their cave before he came out of hiding. He picked up her discarded dog skin and threw it on the blazing fire. The smell of burning hair filled the air.

She ran out of the cave and embraced him. "Earth Goddess not only saved you from the flood, but she has saved the People. We are now husband and wife."

Their children became the new Huichol tribe.

This happened long before the invaders arrived. This happened when the People knew only peace.

La inundación
Del pueblo huichol de México

Mucho antes de la llegada de los españoles al lugar que ahora se llama México, el primer pueblo en habitar estas tierras fue el pueblo huichol. Vivían en cuevas y cultivaban maíz, calabazas y frijoles.

La vida era dura pero pacífica.

Uno de los huicholes era un joven y fuerte hombre que vivía aparte de las familias. Una mañana, el joven se despertó y vio una perra negra haciendo guardia en la entrada de su cueva. Él trató de espantarla, pero ella le lamió la mano y le meneó la cola y se negó a partir.

— La Diosa Tierra me debe de haber enviado este regalo — dijo él en voz alta — y yo se lo agradezco.

Poco después, los líderes huicholes le dijeron al joven que era hora de casarse y de tener una familia. Él estuvo de acuerdo y dijo: — Voy a cultivar una cosecha de maíz más y entonces estaré listo.

Día tras día, él trabajaba su milpa, arando la dura tierra y plantando las preciosas semillas. Y cada mañana, cuando regresaba a su milpa descubría que su trabajo había sido deshecho. La tierra estaba de nuevo fuertemente comprimida y las semillas cuidadosamente apiladas en el borde de la milpa.

— ¡Diosa de la Tierra! — Gritó él — . ¿Qué he hecho yo? Por favor, dime.

Una mujer anciana de ojos brillantes apareció ante su vista. Apoyaba su cuerpo encorvado con una rama de mezquite. Le pidió que se agachara para que escuchara las palabras que le iba a susurrar.

— El diluvio mayor de los diluvios se acerca. Va a cubrir la tierra. Toda la gente, criaturas y plantas se ahogar n. Tú eres el único elegido para sobrevivir.

— ¿Cómo voy a sobrevivir?

— Corta el árbol más grande que haya en un borde de tu milpa y pártelo en tablas gruesas. Usa las tablas para construir una caja con tapa donde no entre el agua. Hazla lo suficientemente grande para que quepan tú y la perra negra que te envié. Coloca siete semillas de cada una de estas plantas en la caja: maíz, calabaza y frijoles. No pierdas tiempo. La lluvia va a empezar en siete días.

Diciendo esto, la Diosa Tierra se desvaneció.

El joven hombre hizo lo que le dijeron, y en la mañana del séptimo día la caja estuvo terminada. Envolvió las semillas en hojas anchas y con cuidado las empacó en un recipiente de arcilla. Después de sellar el recipiente con cera de abeja, llamó a la perra negra. Ella saltó a la caja sin vacilar. Finalmente, él se metió y maniobró para colocar la pesada tapa en su sitio. Ni un rayo de luz se colaba por las aristas de madera. La caja estaba perfectamente sellada.

Empezó a llover. El cielo se abrió por completo y virtió un océano constante de agua fresca en la tierra. El diluvio estaba completo.

La caja de madera se elevó por sobre las nuevas olas y se sacudió y flotó adondequiera que las rápidas corrientes la llevaran. El hombre y la perra se durmieron profundamente. La lluvia, al igual que su sueño, continuó por siete años.

Al final de siete años, la lluvia dejó de caer. El sol brillante salió y las aguas empezaron a retirarse. La caja quedó reposando en la cima de una montaña. El hombre y la perra se despertaron. Él echó la tapa a un lado y salieron de la caja.

La Diosa Tierra apareció ante sus ojos con su bastón de madera de mezquite. Por donde ella señalaba aparecían árboles, animales y criaturas de todo tipo. Cuando la tierra estuvo una vez más viva y verde, ella desapareció.

El joven cortó árboles altos, quitó pesadas rocas y

plantó tres milpas con las siete semillas de cada
especie: de maíz, de calabaza y de frijoles. Trabajó
fuertemente y los cultivos florecieron. Él y la perra
comieron bien. Sin embargo, siendo el último
huichol en la tierra, se sentía solitario.

Un día regresó de las milpas y encontró su comida
de la noche preparada. Volvió a pasar a la siguiente
noche y por cuatro noches más. En la séptima noche,
llegó a casa temprano. Se escondió entre los rboles y
observó, para su sorpresa, que la perra negra se
quitaba su piel y se convertía en una joven y
hermosísima mujer. Tenía el pelo largo y negro y los
ojos brillantes. Ella hizo una hoguera y empezó a
preparar su comida. Él esperó hasta que ella fue a la
cueva antes de salir de su escondite. Tomó la piel que
ella se había quitado y la lanzó al fuego ardiente. Un
olor a pelo quemado llenó el ambiente.

Ella salió corriendo de la cueva y lo abrazó. — La
Diosa Tierra no sólo te salvó de la inundación, sino
que salvó a nuestro pueblo. Ahora somos marido y
mujer.

Sus hijos se convirtieron en
una nueva tribu huichol.

Esto pasó mucho antes de que
los invasores llegaran, cuando el
pueblo sólo conocía la paz.

60

Why Beetle is Beautiful

L ong, long ago, Beetle wore a coat of dusty brown.
    She crawled slowly along the bank of the
Amazon River and blended in nicely with the muddy
path and green leaves. Suddenly, she heard a loud
squawk! It was Parrot landing on a low, nearby branch.

"Good morning, Parrot," said Beetle.

"Good morning to you, my little friend," Parrot
replied. "I nearly didn't see you because of your dull
color. I can give you a better color, but you must do
something brave to earn it."

"Like what?" asked Beetle.

Before Parrot could answer, Paca,[3] the large rat,
leaped from behind a bush. "Yes, Parrot, like what?"
he demanded. "I hate my brown fur and all these ugly
white patches. If Beetle gets a new color, I should, too.
After all, I'm the fastest creature in the jungle on four
feet. Well, I'm not as fast as Jaguar, but for my size, I
can't be beat. Beetle isn't fast. She's very slow. Turtle
crawls faster than Beetle. I'm the one who deserves a
new color."

Parrot did not like interruptions. Parrot did not

---

3. Paca (pa ka) South American mammal the size of a rabbit.
    It looks like a rat, has brown fur with white patches, and is an extremely fast runner.

like silly boasting. Parrot did not like to hear unkind things about her friend. And Parrot did not like Paca.

"Very well, Paca," Parrot replied. "You must race against Beetle. It's a good distance from here to the big tree that has fallen into the river. If you win, I'll give you a new coat. If you lose, you'll have to stop boasting."

Paca laughed and said, "A race against Beetle? I could stop for lunch and take a nap and win. I could enjoy a swim in the river, eat lunch, and take a nap and still win! You may as well give me a new color now. Make it yellow with black spots, like Jaguar's. I'll look grand!"

Beetle was disgusted. "I'll race against this braggart only if I can go as fast as I can. Is that all right, Parrot?"

"Yes," replied Parrot. "I want both of you to go as fast as you can. Do you agree, Paca?"

"Of course," he said. "Let's get on with it. I'm anxious for my new coat."

"One ... two ... begin!" squawked Parrot.

Paca leaped into the air and darted through the jungle growth as fast as his short legs could carry him. Beetle crawled at a slow but steady pace along the rough path. The tree that had fallen into the river was far away.

Paca was in the lead when he realized he was

thirsty. He plunged his head into the river's cool water and drank his fill. When he looked up, Beetle was ahead of him on the path.

"That's impossible!" Paca cried. He ran to overtake Beetle once again. Soon he was more than halfway to the fallen tree. He knew he would win, so he decided to have a snack. Paca stopped to nibble and munch the sweet grass. When he looked up, Beetle was crawling ahead of him.

"Yikes!" yelled Paca, running down the trail. He flashed by Beetle with ease and kept on going toward the finish line.

Parrot flew to one of the fallen tree's branches. She waited to judge the end of the race.

Paca saw the tree and ran right up to it. To his great surprise, Beetle was already there, resting against the tree's massive trunk.

"Beetle wins!" screeched Parrot.

"How?" panted Paca. "How did you win? I'm ten times faster than you. How did you cheat me?"

"I didn't cheat," said Beetle. "I flew."

"You forgot that Beetle can fly, Paca," laughed Parrot. "You were so busy boasting that you didn't hear me say that both you and Beetle were to go as fast as you can. That's just what Beetle did."

Beetle chose the color of her new coat. "Emerald green, like your beautiful wings, Parrot, only with a thousand specks of gold to shine in the night."

Hanging his head low, Paca slinked off into the jungle undergrowth. He wore his same old brown fur with the ugly white splotches.

Ever since that long ago time, Beetle has been beautiful.

Ever since that long ago time, Paca has stopped boasting.

Porqué es hermoso el escarabajo

Hace mucho, pero muchísimo tiempo, Escarabajo usaba un caparazón de color café claro. Un día, se arrastraba lentamente por las orillas del río Amazonas, confundiéndose perfectamente con el sendero embarrado y con las hojas verdes. De repente, escuchó un fuerte graznido. Era Lora, quien se estaba posando en una rama baja que estaba cerca.

— Buenos días, Lora — dijo Escarabajo.

— Buenos los tengas tú, mi pequeño amigo — replicó Lora — . Casi no te veo por ese color tan opaco que tienes. Podría darte un mejor color, pero tienes que hacer algo valeroso para ganarlo.

— ¿Cómo qué? — preguntó escarabajo.

Antes de que Lora pudiera contestar, Paca, la rata gigante, saltó de detrás de un arbusto. — Sí, Lora, ¿cómo qué? — exigió que le contestaran — . Yo odio mi piel color café y todos estos parches blancos. Si Escarabajo recibe un nuevo color, a mí también me toca recibir uno. Después de todo, soy la criatura de cuatro patas más rápida de la selva. Bueno, no soy tan rápida como Jaguar, pero para mi tamaño, no hay quién me gane. Escarabajo no es rápido. Él es muy lento. Tortuga se arrastra más rápido que escarabajo. Yo soy la que merece un nuevo color.

A Lora no le gustaban las interrupciones. A Lora no le gustaban los elogios tontos. A Lora no le gustaba escuchar cosas poco amables acerca de su amigo. Y a Lora no le gustaba Paca.

— Muy bien, Paca — replicó Lora —. Tendrás que apostar una carrera con Escarabajo. Hay una buena distancia desde aquí hasta ese árbol grande que se ha caído en el río. Si tú ganas, tendrás tus nuevos colores. Si pierdes, tendrás que dejar de alardear.

Paca se rió y dijo: — ¿Una carrera contra un escarabajo? Podría parar para comer y tomar una siesta y ganar. Podría disfrutar nadando en el río, comer y tomar una siesta, ¡y todavía podría ganar! Te daría lo mismo si me das un nuevo color ahora mismo. Que sea amarillo con manchas negras, como Jaguar. ¡Voy a parecer grandiosa!

Eacarabajo estaba enojado. — Le apostaré una carrera a esta presuntuosa sólo si puedo ir tan rápido como puedo ir. ¿No es cierto, Lora?

— Sí — contestó Lora —. Quiero que ambos vayan tan rápido como puedan. ¿No estás de acuerdo, Paca?

68

— Claro está. Manos a la obra. Estoy deseosa de tener mis nuevos colores.

— Uno ... dos ... ¡a correr! — graznó Lora.

Paca saltó en el aire y se esfumó por la selva tan rápido como sus cortas patas la pudieran llevar. Escarabajo se arrastró a un paso lento pero constante por el abrupto camino. El árbol que se había caído en el río estaba lejos.

Paca iba ganando la carrera cuando se dio cuenta que tenía sed. Metió su cabeza en el agua fresca del río y bebió hasta llenarse. Cuando miró hacia arriba, Escarabajo estaba por delante de ella en el camino.

— ¡Eso es imposible! — gritó Paca. Ella corrió para dejar atrás a escarabajo una vez más. Pronto estaba a más de medio camino al árbol caído. Sabía que ganaría, de modo que decidió comer algo. Paca paró para mordisquear y masticar la dulce hierba. Cuando miró hacia arriba, Escarabajo se arrastraba adelante de ella.

— ¡Caramba! — gritó Paca, corriendo por el camino. Pasó con facilidad junto a Escarabajo y siguió hacia la línea de llegada.

Lora voló a una de las ramas del árbol caído. Allí esperó para decidir quién ganaría la carrera.

Paca vio el árbol y corrió derechito a él. Para su

gran sorpresa, Escarabajo ya estaba allí, descansando contra el gran tronco del árbol.

— ¡Escarabajo es el ganador! — graznó Lora.

— ¿Cómo puede ser? — dijo Paca jadeando — . ¿Cómo ganaste? Soy diez veces más rápida que tú. ¿Cómo me pudiste hacer trampa?

— No te hice trampa — dijo Escarabajo — . Yo volé.

— Se te olvidó que Escarabajo podía volar, Paca — dijo Lora riéndose — . Estabas tan ocupada haciendo alarde de ti misma que no me escuchaste cuando dije que tanto tú como Escarabajo podrían ir tan rápido como pudieran ir. Eso es exactamente lo que hizo Escarabajo.

Escarabajo escogió el nuevo color para su caparazón. — Verde esmeralda, como tus hermosas alas, Lora, sólo que con mil manchitas doradas para brillar en la noche.

Con la cabeza gacha, Paca se escabulló en la selva. Tenía su misma piel de color café, salpicada con unos feos parches blancos.

Desde ese tiempo, ya remoto, Escarabajo ha sido hermoso.

Desde ese tiempo, ya remoto, Paca ha dejado de alardear.

The Crocodile Man

The Crocodile Man,
the Crocodile Man.
Beware the sharp teeth
of the Crocodile Man.

This chant is sung in northern Colombia. Mothers
sing it to sons. Fathers sing it to daughters. Innkeepers
sing it to guests. This story tells why.

L ong ago in Magangué, a vendor named Mario
sold tropical fruits and juices. Pushing his colorful
cart up and down dusty streets, he stopped everyone
he met to tell magical stories about his beautiful fruit.

"Buy a stalk of green bananas," Mario said.
"They'll ripen and heal a broken heart. See this
mango? It brings perfect health. Look at these
glorious oranges. Eat three and you'll find eternal
love."

Mario worked hard and made many sales each
day. Prosperity failed to bring him happiness,
however: he had never found his own eternal love.
That is, until one fateful afternoon in the town square

— the first time that he saw Roque Lina.

She was beautiful. Her dark eyes sparkled with intelligence. Her long black hair reached nearly to her waist. Best of all, she had the voice of a songbird.

"Will this pomegranate really make my cheeks glow red?" she asked.

"Yes, it - it will," he stammered. "But even now, your cheeks rival the sun."

Delighted, Roque Lina smiled at the fruit seller. Mario's heart, pierced with love's golden arrow, smiled back.

Just as true love is never easy, Roque Lina was never alone on the street. Her two older brothers, who also served as her bodyguards, ran home and told their father about the bold vendor.

Roque Lina's father wasn't pleased. He ran to the town square only to find his daughter sharing a laugh with Mario.

"Leave my daughter alone," the father cried. "She's too good for the likes of a common fruit seller. Take your cart and silly stories to some other town. Never speak to my girl again."

He marched his daughter home and ordered his sons to watch her even more closely.

Mario couldn't leave town. He was in love.

74

The brothers guarded their sister so well that she could not steal even a minute away to talk and laugh with Mario. She was sad. Mario was sadder.

Day after day, Mario sat in the café by the river and ordered his afternoon meal of fish stew and rice with coconut. And day after day, he looked out across the wide river to see the town's womenfolk walk down to the river's edge. It was the custom in Magangué for the men to wash on the near side of the river and for the women to wash on the far side. A giant whirlpool swirled in the middle of the river and served as a barrier between the two sexes.

One day as he sat in the café, Mario decided to act. As a child, he had learned many secrets from his grandmother, including the magical ability to transform. After finishing his rice with coconut, Mario ran to the river's edge and leaped in. As he swam against the strong current created by the powerful whirlpool, his body began to change. His arms and legs shortened; he grew a long head and strong tail. His skin hardened into leather and every grain of rice that he had eaten turned into a razor-sharp crocodile tooth. He swam through the whirlpool and over to the other side of the river.

All the women, except for Roque Lina, ran away.

She knew, somehow, that the Crocodile Man meant no harm. They whispered together until sunset, when the crocodile swam back across the wide river and transformed back into Mario.

Every afternoon for the next two weeks, Mario ate his fish stew and rice with coconut, before transforming and swimming across the river to visit with Roque Lina. And always, every grain of rice he ate turned into a razor-sharp crocodile tooth.

The two guardian brothers tried to catch the crocodile, and failed.

Roque Lina's father tried to catch the crocodile, and failed.

All the fishermen of Magangué tried to catch the crocodile, and failed.

Finally, Mario grew tired of being chased in the river. He went one last time to the café and again ordered his favorite meal of fish stew and rice with coconut. After eating, he leaped into the river and transformed into Crocodile Man. Every grain of rice turned into a razor-sharp crocodile tooth. Using his powerful tail to swim through the whirlpool, he again reached the other side. Roque Lina was waiting for him. He surfaced and she climbed onto his wide back.

"Hold tight, my love," he said.

"I'll never let go, my love," she responded.

Away they swam, far down river, never to be seen again.

From that day forth, the people of Magangué, in northern Colombia, eat all the rice they are served. If anyone leaves even a single grain on his plate, the chant is sung:

> *The Crocodile Man,*
> *the Crocodile Man.*
> *Beware the sharp teeth*
> *of the Crocodile Man.*

El hombre caimán

El hombre caimán,
el hombre caimán.
Hay que tener cuidado
de sus dientes afilados.

Esta canción se canta en el norte de Colombia. Las madres la cantan a los niños. Los padres la cantan a las niñas. Los dueños de las pensiones se la cantan a sus huéspedes. Este cuento nos dice porqué.

Hace mucho tiempo, vivía en Magangué un vendedor de jugos y frutas tropicales llamado Mario. Para ello tenía un colorido carrito que empujaba por las calles polvorientas. Paraba para contarles a todos los que se encontraba historias mágicas acerca de su fruta maravillosa.

— Cómprenme estos bananos verdes — decía Mario — . Cuando se maduren compondrán cualquier corazón roto. ¿Ven este mango? El que se lo coma no se enfermará nunca. Miren estas fabulosas naranjas. Cómanse tres y encontrarán el amor eterno.

Mario trabajaba de sol a sol y vendía mucha fruta cada día. Sin embargo, la prosperidad no le traía la felicidad: él mismo nunca había hallado su amor eterno. Así fue, hasta aquella tarde afortunada, en que por primera vez vio a Roque Lina en la plaza del pueblo.

Ella era hermosa. Sus ojos oscuros brillaban con inteligencia. Su pelo largo y negro le llegaba casi hasta la cintura. Y lo mejor de todo era que tenía la voz de un pájaro cantor.

— ¿Hará esta granada que mis mejillas brillen de rojo? — preguntó ella.

— Claro que sí — dijo él tartamudeando —. Pero incluso ahora, tus mejillas no tienen nada que envidiarle al sol.

Maravillada, Roque Lina le sonrió al vendedor de frutas. El corazón de Mario, atravesado por la flecha dorada del amor, le devolvió la sonrisa.

De la misma manera que el amor verdadero nunca es fácil, Roque Lina nunca estaba sola en la calle. Sus dos hermanos mayores que hacían de guardianes, corrieron a casa para contarle a su padre acerca del osado vendedor.

El papá de Roque Lina no estaba contento con lo que oyó. Se fue de prisa a la plaza del pueblo y allí encontró a su hija riéndose con Mario.

— No te metas con mi hija — gritó el padre —. Ella se merece algo mejor que un simple vendedor de fruta. Llévate tu carrito y tus cuentos tontos para otro pueblo. Nunca jamás le vuelvas a hablar a mi hija.

Se llevó a su hija a casa y les ordenó a sus hijos que la vigilaran aún más.

Mario no se podía ir del pueblo. Estaba enamorado.

Los hermanos vigilaron a su hermana tan bien, que ella no podía escapar ni un minuto para hablar o para reírse con Mario. Ella estaba triste. Mario estaba todavía más triste.

Día tras día, Mario se sentaba en el café al lado del río y pedía su comida de la tarde de guisado de pescado y arroz con coco. Y día tras día miraba al otro lado del ancho río y veía cómo las mujeres del pueblo caminaban por las orillas del río. Era la costumbre en Magangué que los hombres se bañaran cerca de una orilla y las mujeres cerca de la otra. Como había un remolino gigantesco en medio del río, éste servía de barrera entre los dos sexos.

Un día, mientras estaba sentado en el café, Mario decidió actuar. De niño había aprendido muchos secretos de su abuela, incluyendo la habilidad de transformarse mágicamente. Después de terminar su arroz con coco, Mario corrió a la orilla del río y se zambulló en el agua. Mientras nadaba contra la fuerte corriente creada por el poderoso remolino, su cuerpo empezó a cambiar. Sus brazos y piernas se acortaron. Le salieron una larga cabeza y una fuerte cola. Su piel se puso tan dura como el cuero y cada grano de arroz de los que acababa de comer se convirtió en los afilados dientes de un caimán. Nadó por el remolino hasta el otro lado del río.

Todas las mujeres, a excepción de Roque Lina, huyeron despavoridas. Por alguna razón, ella sabía que el hombre caimán no le haría daño. Hablaron en voz baja hasta el atardecer, cuando el caimán nadó hasta el otro lado del río y se transformó en Mario.

Cada tarde durante las siguientes dos semanas, Mario se comió su guisado de pescado y su arroz con coco antes de transformarse y atravesar el río nadando para visitar a Roque Lina. Y siempre, cada grano de arroz se convertía en un afilado diente de caimán.

Los dos hermanos guardianes trataron de atrapar al caimán pero fracasaron.

El padre de Roque Lina trató de atrapar al caimán y también fracasó.

Finalmente, Mario se cansó de que lo persiguieran por el río. Fue por última vez al café y una vez más pidió su comida favorita de guisado de pescado y arroz con coco. Después de comer, se zambulló en el río y se transformó en el hombre caimán. Cada grano de arroz se convirtió en afilados dientes de caimán. Usando su cola poderosa, nadó a través del remolino y llegó a la otra orilla, donde Roque Lina lo estaba esperando. Él salió a la superficie del agua y ella se montó en su lomo.

— Agárrate fuerte, mi amor — dijo él.

— No te soltaré nunca, amor mío — respondió ella.

Entonces, se alejaron nadando río abajo y nadie nunca los volvió a ver.

Desde ese día, la gente de Magangué, al norte de Colombia, se come todo el arroz que le sirven. Si alguien deja en el plato aunque sea un solo grano, se canta la canción:

El hombre caimán,
el hombre caimán.
Hay que tener cuidado
de sus dientes afilados.

The Magic Lake

The Incan People of Ecuador

Long before, an elderly ruler of the mighty Inca Empire lay near death. He prayed before the Altar of the Burning Flame.

"Dear Ones Who Rule the Universe," he pleaded, "I ask you to make my son, the prince who has been sickly since birth, a healthy man. The empire deserves a strong leader, and he must rule after I'm gone. Please, Dear Ones, tell me what must be done."

The altar flame flared upward three times in response. Then the ruler heard a whisper: "A magic lake exists where the land of this world ends and the seas of this world begin. If the prince drinks of the lake water, he will be healed."

The Inca king sent word throughout the empire: Whosoever finds the magic lake and obtains a flask of the healing water for the prince, will be blessed with wealth and fame.

Many set forth in search of the lake. A year passed and none returned. The king grew more frail, and his son remained too weak to leave his bed.

A poor farmer lived with his wife, son, and daughter near the palace. The farmer said to his son,

"Take a flask of clean water from our well to the prince. Say it's from the magic lake."

"Don't do this, husband," pleaded his wife. "It could bring trouble."

"Who knows what will happen?" he said to his family. "It might cure the prince. If not, we'll be rewarded for trying. What do we have to lose?"

They had much to lose. When the prince drank of the well water and failed to grow strong, the king imprisoned the boy and his father. "Treachery brings punishment in the Inca Empire," he said. "If the prince hasn't been cured with the water from the magic lake within one week, this devious father and son will die."

The farmer's wife cried in despair, but her daughter, Inez, calmed her. "For the sake of our family and that of the empire, I will search for the lake," she pledged.

Inez traveled light, walking by day and sleeping in treetops at night. She awoke each morning to the singing of birds, always giving thanks for their sweet sounds.

"She is a good girl who deserves our help," the birds chirped to each other. "Let's each give a feather from our left wing. She can make a fan that will carry her to the magic lake and protect her from harm."

Feathers of blue, red, yellow, and green gently floated down to Inez. Using a strand of her long black hair, she quickly tied them into a beautiful fan.

"I wish this fan could help me find the magic lake," she said.

Instantly, she was whisked up into the blue sky, and on a gentle wind, flew over tall mountains and vast plains to the place where the dry land ends and the wet sea begins. The wind set her down on the shore of the magic lake.

"Oh, no," she cried. "I haven't brought an empty vessel. What will I use to hold the precious water?"

Inez heard a footstep in the sand behind her. She turned to see a golden llama with a crystal jar tied to its neck. The llama lowered its head so that Inez could easily untie the ribbon. After thanking the llama, she dipped the jar in the clear water, letting it fill to the top.

Just as she stood up, a monstrous green alligator broke the water's surface with a loud splash! It snapped its powerful jaws at the crystal jar, just missing her arm.

"This is my lake, my water," hissed the alligator. "Leave now. I'll devour you if you ever return."

Inez thanked the alligator for the gift of the water,

held the feathered fan aloft, and said, "I wish to stand before the emperor."

Instantly, she was transported back to the kingdom. The week had ended, and her father and brother were soon to be executed.

"I've found the healing water," Inez said to the ruler.

The elderly king looked deep into her eyes and saw no deceit. "Come quickly, child," he said. "My son is dying."

They hurried to the prince's bedside. He lay perfectly still, eyes closed and breath shallow. Inez touched his cold hand, saying, "Take a sip, my prince."

She spilled a few drops of the water onto his parched lips. He opened his mouth and she poured a bit more. He drank and drank, until the crystal jar was empty. He opened his eyes, smiled, and sat up.

"I feel well. I feel strong. Thank you, stranger."

A tear rolled down the wrinkled cheek of the emperor. "I, too, thank you, brave girl. Tell me what you would like in reward. I'll give you everything I can."

"I wish for three things," said Inez. "First, forgive my father and brother for their foolish ways."

"It is granted," he said.

"Second, give my parents a large farm, complete with a new house and barn."

"It is granted," he said.

"Third, let me keep the crystal jar that held the healing water."

"It is granted," he said.

The prince was named emperor soon after and ruled the Inca Empire long and well.

Inez and her family lived a happy and prosperous life on the new farm. She eventually married a handsome and intelligent young man whom she greatly loved, and she kept the treasured jar her whole life.

El lago mágico
Del pueblo inca de Ecuador

Hace mucho tiempo, un anciano gobernante del poderoso imperio Inca yacía a punto de morir. Él rezaba ante el Altar de la Llama ardiente.

— Seres queridos que gobiernan el universo — rogó él —. Les pido que hagan de mi hijo, el príncipe, un hombre saludable, ya que ha estado enfermo desde que nació. El imperio merece un líder fuerte y él debe gobernar cuando yo me muera. Por favor, seres queridos, díganme qué debo hacer.

La llama del altar flameó hacia arriba tres veces como respuesta. Luego, el gobernante escuchó un susurro: — Existe un lago mágico donde termina la tierra de este mundo y donde empiezan los océanos de esta tierra. Si el príncipe bebe del agua del lago, se curará.

El rey Inca dejó correr la voz por todo el imperio: Quienquiera que hallara el lago mágico y consiguiera para el príncipe un pote del agua curativa, sería bendecido con riqueza y fama.

Muchos salieron en busca del lago. Pasó un año y ninguno regresó. Cada vez la salud del rey era más frágil y su hijo estaba muy débil para dejar el lecho.

Un agricultor pobre vivía con su mujer, su hijo y su hija cerca del palacio. El agricultor le dijo a su hijo:
— Toma un pote de agua fresca de nuestro pozo y llévaselo al príncipe. Di que es del lago mágico.
— No hagas eso, esposo — le imploró su mujer —. Nos puede traer problemas.
— Quién sabe qué pasará — le dijo a su familia —. Tal vez cure al príncipe. De lo contrario nos premiarán por haberlo intentado. ¿Qué tenemos para perder?

Tenían mucho que perder. Cuando el príncipe tomó del agua del pozo y no se mejoró, el rey hizo apresar al muchacho y a su padre. — La traición trae un castigo en el imperio Inca — dijo —. Si el príncipe no se ha curado con el agua del lago mágico en una semana, este taimado padre y su hijo morirán.

La esposa del agricultor lloró con desespero, pero su hija, Inez, la calmó. — Por el bien de nuestra familia y del imperio, buscaré el lago — fue su ruego.

Inez viajó rápidamente, caminando de día y durmiendo de noche en las copas de los árboles. Cada mañana se despertaba al canto de los pájaros, agradeciéndoles siempre sus dulces sonidos.

— Es una buena muchacha que merece nuestra ayuda.— canturreaban los pájaros entre sí —.

Vamos a darle cada uno una pluma del ala izquierda para que ella se haga un abanico que la lleve hasta el lago mágico y que le sirva de protección.

Entonces, a Inez le cayeron flotando suavemente plumas azules, rojas, verdes y amarillas. Usando una hebra de su largo pelo negro, ella las amarró rápidamente para formar un hermoso abanico.

— Ojalá que este abanico me pueda ayudar a encontrar el lago mágico — dijo ella.

De inmediato fue elevada por el cielo azul, y en un viento suave, voló por encima de altas montañas e inmensas llanuras hasta el lugar donde la tierra seca se termina y el húmedo océano empieza. El viento la posó a la orilla del lago mágico.

— Oh, no — exclamó ella —. No traje un pote vacío. ¿Qué voy a usar para llevar esta preciosa agua?

Inez escuchó unos pasos que se acercaban por la arena a sus espaldas. Se dio la vuelta y vio una llama dorada con un pote de cristal amarrado a su cuello. La llama inclinó su cabeza de modo que Inez pudiera desamarrar con facilidad la cinta de su cuello. Después de agradecerle a la llama, hundió el pote en el agua cristalina, para que se llenara hasta el tope.

En el momento en que se ponía de pie, ¡un monstruoso cocodrilo verde emergió salpicando

92

fuertemente la superficie del agua! Con sus fuertes
mandíbulas le lanzó un mordisco al pote de cristal y
estuvo a punto de agarrarle el brazo.

— Éste es mi lago, mi agua — silbó el
cocodrilo —. Vete ahora. Te devoraré si te atreves a
volver.

Inez le agradeció al cocodrilo por regalarle el agua,
elevó su abanico y dijo: — Quisiera estar frente al
emperador.

De inmediato, fue transportada de vuelta al reino.
La semana había terminado y su padre y su hermano
iban a ser ejecutados pronto.

— He encontrado el agua curativa — le dijo Inez
al gobernante.

El anciano miró en el fondo de sus ojos y no vio
ningún engaño. — Ven de prisa, hijo mío — dijo —.
Mi hijo se está muriendo.

De inmediato llevaron al príncipe al pie de su
lecho. Él yacía completamente quieto, los ojos cerrados
y la respiración lenta. Inez tocó sus manos frías y dijo:
— Toma un sorbo, príncipe mío.

Ella dejó caer una cuantas gotas en sus labios
resecos, él abrió la boca y ella le dio un poco más. Él
tomó y tomó hasta que desocupó el pote de cristal.
Entonces, abrió los ojos, sonrió y se sentó.

— Me siento bien, me siento fuerte. Te lo

agradezco, mujer desconocida.

Una lágrima rodó por la mejilla arrugada del emperador.

— También te lo agradezco, valiente muchacha. Dime qué quieres como premio. Te daré todo lo que pueda.

— Deseo tres cosas — dijo Inez —. Primero, que perdones a mi padre y a mi hermano por su tonto proceder.

— Deseo concedido — dijo él.

— Segundo, que les des a mis padres muchas tierras, con un granero y una casa nuevos.

— Deseo concedido — dijo él.

— Tercero, deja que guarde el pote de cristal donde estaba el agua curativa.

— Deseo concedido — dijo él.

El príncipe fue nombrado emperador poco después y gobernó el imperio Inca muy bien por largo tiempo.

Inez y su familia vivieron una vida feliz y próspera en sus nuevas tierras. Eventualmente ella se casó con un joven guapo e inteligente a quien amaba mucho y guardó su precioso pote de cristal por el resto de su vida.

The Proud Horseman

Costa Rica

Early one morning many years ago, a peasant named Carlos walked the hot, dusty road leading to the city of Nicoya. Across his shoulders he carried a large, colorful cloth, filled with abundant food and water. The burden was heavy but necessary, as it was a long journey ahead for just two legs.

Carlos stopped to rest in the shade of a mango tree and was surprised to see a four-legged creature stop and stand before him. It was a tall, black horse, adorned with a silver saddle and bridle. Upon its back sat a proud man.

"Good morning," said Carlos.

"Good morning," replied the stranger.

"Are you traveling to Nicoya for the festival of the Virgin of Guadalupe?" Carlos asked.

"Yes," replied the horseman. "I go each year to honor the Virgin."

"And I," echoed Carlos, "even though my gifts are small. Since the day is so hot and the road to Nicoya so long, may I ride with you?"

The stranger frowned, saying, "Your bundle looks

heavy. I fear my horse would suffer carrying both of us and your baggage. Goodbye."

So saying, he dug the heels of his fancy leather boots into the horse's side and quickly rode away.

Carlos decided that if he had to walk all the way to Nicoya, he needed nourishment. He unwrapped the large bundle and feasted on fried corn patties, dried fish, and ripe bananas. After drinking deeply from several of the water gourds, he sighed with contentment and lay down to nap under the branches of the mango tree.

Several miles down the road, the wealthy horseman reflected upon his earlier meeting with the peasant. "The nerve of that simpleton," he said aloud, "asking me to carry him and his worthless goods all the way to Nicoya. What does he think I am, a servant?"

The sun climbed to its zenith and blazed even hotter. The horseman wiped the back of his neck with his kerchief and licked his parched lips.

"I was a fool to forget my canteen," he said, "and I should have packed a mid-day meal. Nicoya is still miles away, and I'm as hungry as I am thirsty. From the size of that peasant's bag, he has more than enough food to share. Perhaps I should trade him a ride for a lunch."

98

The horseman rode back to the shady spot on the road and found Carlos asleep, his back against the tree. Banana skins, fish bones, and empty water gourds lay scattered upon the ground. The peasant's cloth bundle looked much smaller.

The horse snorted loudly and awoke Carlos with a start. He looked up at the wealthy man. "Why have you returned?" he asked.

"Because I'm hungry and thirsty. I've thought it over and I'd like to make a trade. Give me a good mid-day meal and I'll carry you and your bundle to Nicoya."

"A kind offer," Carlos replied with a smile. "I would accept, but now that I've eaten my fill, my bundle weighs little. I've also had a good rest and feel strong enough to walk the rest of the way. Perhaps our paths will cross again in Nicoya. Goodbye."

Carlos walked on, leaving the wealthy man to ponder his situation.

El jinete orgulloso

Costa Rica

Una mañana temprano, hace muchos años, un campesino llamado Carlos caminaba por el camino caliente y polvoriento que conducía a la ciudad de Nicoya. Sobre sus espaldas cargaba un colorido saco de tela lleno de comida y agua. La carga era pesada, pero necesaria ya que tenía frente a sí una larga jornada a pie.

Carlos se detuvo a descansar a la sombra de un árbol de mango y se sorprendió al ver que una criatura de cuatro patas se detuvo y se quedó parada frente a él. Era un caballo alto y negro, adornado con una montura y unas riendas, ambas de plata. A su lomo iba sentado un hombre muy orgulloso.

— Buenos días — dijo Carlos.

— Buenos días — contestó el desconocido.

— ¿Está usted viajando a Nicoya para el festival de la Virgen de Guadalupe? — preguntó Carlos.

— Sí — replicó el jinete — . Voy allí cada año para rendir homenaje a la Virgen.

— Yo también — dijo Carlos — aunque sólo tengo unas pequeñas ofrendas. Ya que el día es tan caliente y el camino hasta Nicoya es tan largo,

¿podría montar con usted?

El desconocido frunció el ceño diciendo: — Tu bolsa parece muy pesada. Me temo que mi caballo sufriría cargándonos a ambos y a tus cosas. Hasta luego.

Diciendo esto, clavó las espuelas de sus lujosas botas de cuero en los costados del caballo y se alejó al galope.

Carlos decidió que si tenía que caminar toda la vía a Nicoya, necesitaba comer algo. Desempacó su saco y tuvo una comilona de tortillas de maíz fritas, pescado seco y bananas maduras. Después de beber abundantemente de varios de los calabazos de agua, suspiró contento y se acostó a tomar una siesta bajo las ramas de un árbol de mango.

Varios kilómetros más adelante, el acaudalado jinete reflexionaba acerca del encuentro que había tenido anteriormente con el campesino. "Qué osadía la de ese simplón", se dijo en voz alta, "pidiéndome que lo llevara a él y a su carga carente de valor todo el camino hasta Nicoya. ¿Qué se habrá creído, que soy su sirviente?"

El sol llegó a su punto más alto y quemaba más fuertemente aún. El jinete se restregó la nuca con su pañuelo y se lamió sus labios resecos.

"Fue una tontería haber olvidado mi cantimplora", dijo él, "y debí haber empacado mi comida del mediodía. Nicoya todavía está a muchos kilómetros de distancia y tengo hambre y sed. Por el tamaño de la bolsa de ese campesino, sé que tiene más que suficiente comida para compartir. Tal vez le debo decir que lo llevo si me da algo para comer".

El jinete cabalgó de vuelta hasta el sombreado lugar a la vera del camino y se encontró a Carlos dormido, con la espalda recostada en el tronco de un árbol. En el suelo se encontraban dispersos cáscaras de banana, espinas de pescado y calabazos vacíos. Su bolsa de tela parecía mucho más pequeña.

El caballo bufó fuertemente y Carlos despertó sobresaltado. Miró hacia arriba, vio al hombre rico y preguntó: — ¿Puedo saber a qué ha regresado?

— Porque tengo hambre y sed. Lo pensé dos veces y me gustaría hacer un trato. Deme una buena comida y yo lo llevaré a usted con su bolsa hasta Nicoya.

— Oferta amable — contestó Carlos con una sonrisa — , pero ahora que he comido lo que necesitaba, mi saco pesa menos. También he tenido un buen descanso y me siento lo suficientemente fuerte para caminar el resto del camino. Tal vez

nuestros caminos se vuelvan a cruzar en Nicoya.
Hasta luego.

Carlos se fue caminando, dejando al hombre rico pensando acerca de lo que había pasado.

Juan Bobo

Puerto Rico

L ong ago a boy named Juan lived with his
mother. They were poor but happy. Juan,
however, acted a bit foolish, which is why the
neighbors called him *Juan Bobo*.

One Sunday morning, Juan's mother dressed in
her best clothes to go to church.

"Be good while I'm gone," she said to Juan.
"Don't forget to feed the pig and tidy up the house."

"Yes, Mother. I'll do a good job."

Mother kissed Juan on the cheek and walked on
down the road.

"Let's see what is up, and what is down," he said
aloud. "Mother told me to tidy up the pig and feed
the house, so I'd better get started."

He dragged a large tub of water over to the pigsty
and began washing the pig. The pig squealed and
grunted with pleasure and splashed all the water out
of the tub.

"You're clean enough now," Juan said to the pig,
"but what does Mother do to tidy up after *her* bath? I
know, she puts on her nicest clothes."

Juan Bobo led the pig into his mother's room and

opened the large trunk at the foot of her bed. All of her finest clothes were inside. Juan picked out a bright blue dress and a little red hat. He also found a necklace made of brightly colored beads.

Juan dressed the pig. "How beautiful you look!" he said. "You are the prettiest pig in Puerto Rico."

The pig must have thought she looked ridiculous. Grunting and squealing, she ran out of the house and down the road.

"Yes!" shouted Juan. "Run to the church and show Mother how nice you look. She'll be so happy."

With the pig gone, Juan thought it time to finish his chores. "I must feed the house before Mother returns," he said. "I wonder what a house likes to eat? Hmmm ... perhaps the rice and beans left over from last night?"

Juan carried the big pot of rice and beans up to the roof and spread it all around.

"Eat it all up, House, if you want to grow up big and strong. That's what Mother always says to me."

Soon after, Juan's mother returned from church. She saw the empty pigsty. "*What* have you done?" she asked.

Juan told her.

She went into the kitchen and saw the empty

cooking pot. "What have *you done?*" she asked.

Juan told her the rest.

"Oh, my poor boy," cried his mother. "What will we do? The pig is lost and so is our supper."

"Don't worry, Mother, I'll figure it out."

Juan ran down the road on the way to town, hollering, "Oink, oink! Here, pretty pig! Here, Miss Pretty Pig!"

It wasn't long before he heard a squeal coming from the woods. There sat the pig in a grove of banana trees, eating the fallen fruit and grunting happily. The blue dress was torn and dirty, but the little red hat still looked nice on her head. The bead necklace was gone, lost somewhere in the woods. Juan sighed, tied a rope around the pig's neck, and began to lead her home.

A wealthy man named Don Alfonso happened to be riding his fine horse down the same road on his way home from town. He was returning from a long farewell party for his best friend, who was moving to Trinidad. Don Alfonso was tired. Don Alfonso was sad.

Along came Juan Bobo and his pig. Don Alfonso had never seen such a sight. He rubbed his eyes and looked again. Then he began to laugh. He laughed and laughed and laughed. He laughed so much that he began to cry. He cried and cried and cried. Then he wiped his eyes and smiled at Juan.

"You and your silly pig made me feel good again," he explained. He pulled a packet of money from his pocket and handed it to Juan. Don Alfonso started laughing again and rode on down the road.

Juan took the pig and the money home to his mother. She hugged and squeezed him so tight that he almost burst. She bought a new blue dress and bead necklace, and several sacks of rice and beans. And every time she put on her pretty red hat, she and Juan laughed and laughed at how foolish he'd been.

Juan Bobo

Puerto Rico

Hace mucho tiempo un muchacho llamado Juan
vivía con su madre. Ellos eran pobres pero
felices. Sin embargo, Juan actuaba un poco
tontamente, razón por la cual los vecinos lo llamaban
Juan Bobo.

Un domingo por la mañana, la mamá de Juan se
puso su mejor ropa para ir a la iglesia.

— Pórtate bien mientras yo no esté — le dijo a
Juan — . No te olvides de alimentar la puerca y de
limpiar la casa.

— Sí, mamá. Haré un buen trabajo.

La mamá besó a Juan en la mejilla y se fue
camino abajo.

"Miremos qué toca y qué no toca hacer" dijo él en
voz alta. "Mamá me dijo que limpiara a la puerca y
que alimentara la casa, de modo que será mejor que
empiece".

Así fue que arrastró un recipiente grande con
agua hasta la marranera y empezó a bañar a la
puerca. La puerca chillaba y gruñía de placer y
salpicó tanto que sacó toda el agua del recipiente.

"Ya estás limpia" le dijo Juan a la puerca, "pero,

¿qué es lo que hace mamá para arreglarse después de su baño? Ya sé, se pone su mejor ropa".

Juan Bobo llevó a la puerca a la habitación de su mamá y abrió un baúl grande que estaba a los pies de la cama. Su mejor ropa se hallaba adentro. Juan escogió un brillante traje azul y un pequeño gorro rojo. También encontró un collar de cuentas de colores brillantes.

Juan vistió a la puerca. "¡Pareces hermosísima!" le dijo "Eres la puerca más hermosa de Puerto Rico".

La puerca debió haber pensado que parecía ridícula. Gruñendo y chillando, se escapó de la casa, camino abajo.

"¡Perfecto!" gritó Juan. "Corre a la iglesia y muéstrale a mamá lo bien que pareces. Ella se pondrá muy contenta".

Ya que la puerca se había ido, Juan pensó que era hora de terminar sus tareas. "Tengo que darle de comer a la casa antes de que mamá regrese", dijo. "Me pregunto qué le gustará comer a una casa, ummm ... ¿tal vez el arroz con gandules que sobró de anoche?"

Juan llevó la gran olla de arroz con gandules al techo de la casa y la regó por todas partes.

"Cómetela toda, casa, si quieres crecer y ser fuerte.

Eso es lo que mi mamá siempre me dice".

Al poco rato, la mamá de Juan regresó de la iglesia. Vio que la marranera estaba vacía. — ¿Qué has hecho? — le preguntó.

Juan le contó lo que había hecho.

Ella fue a la cocina y vio la olla de comida vacía. — ¿Qué has hecho? — le preguntó.

Juan le contó el resto.

— Oh, mi pobre muchacho — exclamó la mamá — . ¿Qué vamos a hacer? La puerca se perdió lo mismo que nuestra comida.

— No te preocupes, mamá. Yo resuelvo esto.

Juan se fue corriendo camino abajo hacia el pueblo, gritando — ¡Regresa puerca hermosa! ¡Vuelve acá, puerca preciosa!

No había pasado mucho tiempo cuando escuchó un chillido que venía del bosque. Allí estaba la puerca, echada en un surco de plantas de banana, comiéndose la fruta caída y gruñendo de contenta. El vestido azul estaba rasgado y sucio, pero el pequeño gorro rojo le lucía bien en la cabeza. Juan suspiró, le amarró una cuerda al cuello y la dirigió a la casa.

Un hombre rico, llamado Don Alfonso, por casualidad montaba su fino caballo por el mismo camino proveniente del pueblo, de vía a su casa.

Venía de regreso de una larga fiesta de despedida para su mejor amigo, quien se estaba mudando a Trinidad. Don Alfonso estaba cansado. Don Alfonso estaba triste.

Y por allí aparecieron Juan Bobo y su puerca. Don Alfonso nunca había visto algo semejante. Se restregó los ojos y volvió a mirar. Luego empezó a reírse. Se rió y se rió y se rió hasta que empezó a llorar. Lloró, lloró y lloró. Luego se restregó los ojos y le sonrió a Juan.

— Tú y tu puerca tonta me hacen sentir bien otra vez — explicó él. Se sacó un fajo de billetes del bolsillo y se lo dio a Juan. Don Alfonso empezó a reírse otra vez y se fue cabalgando camino abajo.

Juan llevó a la puerca y el dinero a casa. Su mamá lo abrazó y lo apretó tan fuertemente que casi lo revienta. Ella se compró un nuevo traje azul y un collar de cuentas, además de varios sacos de arroz y gandules. Y cada vez que se ponía su bonito sombrero rojo, ella y Juan se reían y se reían de lo tonto que él había sido.

The Señorita and the Puma

M ore than 450 years ago, Spain sent soldiers to the lush shores of South America to conquer the vast land and her many native peoples. When Spain established Buenos Aires as a colony in the early 1500s, the natives rebelled. Armed with bows and arrows, hundreds of Indians surrounded the small colony, demanding that the foreigners leave and never return.

The Spanish captain was a hard man. He swore that the land now belonged to Spain. His soldiers and their families settled in for a long standoff.

The Indians stayed hidden in the trees and grass surrounding the settlement, waiting them out, day after day, week after week.

Day after day, week after week, the Spaniards' food supplies dwindled to nothing. Everyone suffered from hunger, and babies with empty bellies cried all night long. Soldiers asked the captain to lead them out of the settlement and back to their ships.

"Our families are dying," they pleaded. "It's the only way we'll survive."

"Never," said the captain. "Anyone who leaves the compound will be shot as a traitor."

A young Spanish woman named Señorita Maldonado heard the order and spat on the ground. *I'd rather die trying to live than sit here waiting to die,* she thought.

Thick clouds hid the moon that night. The Señorita put on a long black dress and covered her head with a black lace scarf. She sneaked out of the compound and into the dark jungle night. Her legs, as strong as her will to survive, carried her swiftly across the grassy plains. No arrow nor stone flew toward her during the escape, and she made it all the way to the wide river. The night sounds — screeches, howls, and jungle cries — frightened her, but Maldonado's hunger was keen. She sniffed out fruit fallen from trees and quickly devoured it. She drank deep of the river water, then searched for a safe place to sleep.

When the clouds lifted, Maldonado saw a smooth opening, high up on a vast rock wall. She climbed to it and discovered a cave entrance. Creeping in on hands and knees, she heard a low, warning growl. As her vision adjusted to the darkness, she saw two yellow eyes glimmering in the distance.

"It's a puma," she said out loud. "I'm going to be eaten by a puma."

Then she heard several tiny squeaks, followed by a loud cry of feline pain.

Maldonado's rush of fear was replaced with concern: the puma had just given birth to one cub but was having trouble with the second. She crawled up to the suffering mother and helped her deliver the other cub. The puma accepted Maldonado's aid without complaint, and let her sleep nearby, in safety, throughout the night.

Maldonado awoke early and walked back to the river for more fruit. Hunters from the Querandi tribe, hidden in nearby trees, easily captured her. She was taken to their village, but treated well.

Meanwhile, due to the arrival of fresh soldiers bearing food and weapons, the Spanish survived the Buenos Aires standoff. Realizing that they couldn't win, the Indians drifted deeper into the jungle. As a show of strength, the cruel captain sent raiding parties to burn the remaining native villages.

Spanish soldiers arrived at Maldonado's adopted village on a day when the men were out hunting. The women and children escaped into the jungle while the soldiers burned their huts to the ground. Because

Señorita Maldonado did not flee, she was arrested and taken back to Buenos Aires.

"We thought you were dead," said the outraged captain. "You disobeyed my order against leaving, and now here you are, alive and well. I should have you shot, just as I ordered, but that would be too kind. You deserve to suffer. You'll be tied to a tree in the middle of the jungle and left there as food for the wild animals."

Horrified by the captain's order, the other Spanish settlers cried out in protest. The captain made it clear that anyone trying to help her would be shot.

The next morning, Maldonado was marched into the jungle and tied to a thick tree. Left defenseless, she cried as the soldiers marched away.

Seven days later, the captain ordered that anything left of her body was to be brought back to the settlement for burial.

Just as the soldiers arrived in the clearing, a large puma leaped from the high branches of the tree and ran into the jungle. Maldonado, still tied to the tree, was alive.

"The puma saved me," she explained, "as I saved her when she was birthing. She kept the other animals away and brought me fruit and raw meat."

118

Because she survived her punishment, Maldonado was pardoned and set free. She lived in the colony of Buenos Aires all the rest of her life.

Her story has been told throughout South America for hundreds of years. In Uruguay, the city of Maldonado was named in her honor. Such is the power of bravery and kindness.

La Señorita y la puma
Argentina

Hace más de 450 años, España envió a sus soldados a las exuberantes costas de América del Sur para conquistar esta vasta tierra y sus muchos habitantes nativos. Cuando España estableció la colonia de Buenos Aires a principios del siglo XVI, la población nativa se rebeló. Armados con arcos y flechas, cientos de indígenas rodearon la pequeña colonia, exigiendo que los extranjeros se fueran y que no regresaran nunca.

El capitán español era un hombre duro. Él juró que esa tierra le pertenecía a España, de modo que los soldados y sus familias se prepararon para un sitio largo.

Los indígenas permanecieron escondidos entre los árboles y los pastizales que rodeaban al poblado día tras día, semana tras semana, esperando a que salieran.

Día tras día, semana tras semana el abastecimiento de comida de los españoles se reducía a nada. Todo el mundo estaba hambriento y los bebés con los estómagos vacíos lloraban toda la noche. Los soldados le pidieron al capitán que los

120

sacara del poblado de regreso a sus naves.

— Nuestras familias se están muriendo —
suplicaron —. Es la única manera en que vamos a
sobrevivir.

— Nunca — dijo el capitán —. El que salga del
poblado será ejecutado por traidor.

Una joven mujer española, la señorita
Maldonado, escuchó la orden y escupió en el suelo.
*Primero moriría tratando de vivir, que quedarme
aquí sentada esperando la muerte*, pensó ella.
Unas nubes espesas cubrían la Luna aquella
noche. La señorita se puso un largo vestido negro y
cubrió su cabeza con una mantilla de encaje negro.
Se escabulló del poblado a la negra noche del
bosque. Sus piernas, tan fuertes como su voluntad, la
llevaron rápidamente por las llanuras de pastizales.
Ninguna flecha ni ninguna piedra voló en su
dirección durante su escape, y logró llegar hasta el
ancho río. Los sonidos de la noche — chirridos,
aullidos y chillidos del bosque — la asustaban, pero
el hambre que ella sentía era muy fuerte. Olió la fruta
caída de los árboles y rápidamente la devoró. Bebió
mucha agua del río y luego buscó un lugar seguro
para dormir.

Cuando las nubes se esparcieron, la señorita

Maldonado vio una abertura llana en lo alto de una vasta pared de piedra. La escaló y descubrió la entrada a una cueva. Arrastrándose en manos y rodillas, escuchó un gruñido bajo de advertencia. Cuando su vista se ajustó a la oscuridad, vio dos ojos amarillos que brillaban en la distancia.

"Es un puma", se dijo en voz alta. "Me va a comer un puma".

Luego, ella escuchó unos pequeños chillidos, seguidos por un duro grito de un felino adolorido.

Su ataque de temor fue reemplazado por preocupación: La puma acababa de dar a luz a un cachorro, pero estaba teniendo problemas con el segundo. Se arrastró hasta donde estaba la madre sufriendo y le ayudó a dar a luz al otro cachorro. La puma aceptó la ayuda de la señorita Maldonado sin una queja y le permitió que durmiera ahí cerca, estando segura toda la noche.

La señorita Maldonado se despertó temprano y caminó de vuelta al río a buscar más fruta. Los cazadores de la tribu Querandi, quienes estaban escondidos en árboles cercanos la capturaron sin dificultad. La llevaron a su poblado pero la trataron bien.

Entretanto, tras la llegada de nuevos soldados con

alimentos y armas, los españoles sobrevivieron el sitio a Buenos Aires. Dándose cuenta de que no podían ganar, los indígenas retrocedieron bosque adentro. Como símbolo de su fortaleza, el cruel capitán mandó patrullas para arrasar y quemar los poblados nativos restantes.

Los soldados españoles llegaron al poblado adoptivo de la señorita Maldonado un día en que los hombres habían salido de caza. Ya que ella no huyó, fue arrestada y llevada de vuelta a Buenos Aires.

— Pensamos que estabas muerta — dijo el capitán con tono ofendido —. Desobedeciste mi orden de no salir y ahora estás aquí, viva y en buena salud. Debería hacer que te ejecutaran, como ordené, pero eso sería demasiado poco. Mereces sufrir. Serás amarrada a un árbol en medio del bosque para que te coman los animales salvajes.

Horrorizados por la orden del capitán, los otros colonos españoles gritaron en protesta. El capitán les dejó saber claramente que cualquiera que tratara de ayudarla, sería ejecutado.

A la mañana siguiente, la señorita Maldonado fue llevada bosque adentro y amarrada a un grueso árbol. Allí la dejaron, indefensa y llorando mientras los soldados se marchaban.

Siete días más tarde, el capitán ordenó que lo que quedara de su cuerpo fuera traído de vuelta al poblado para enterrarlo.

En el momento en que los soldados llegaron a esa parte del bosque, un gran puma saltó de lo alto de las ramas del árbol y se internó en el bosque. La señorita Maldonado, aún amarrada al árbol, estaba viva.

— La puma me salvó — explicó ella — , ya que yo la salvé a ella cuando daba a luz. Ella mantuvo alejados a los demás animales y me trajo fruta y carne cruda.

Por haber sobrevivido a su castigo, la señorita Maldonado fue perdonada y dejada en libertad. Ella vivió en la colonia de Buenos Aires por todo el resto de su vida.

Su historia ha sido contada por toda América del Sur por cientos de años. En Uruguay, la ciudad de Maldonado fue nombrada en su honor. Tal es el poder del valor y de la bondad.

Tossing Eyes

The Pemón People of Venezuela

O ne day Jaguar walked down to the beach and saw Crab looking intently out to sea.

"What are you watching for, Brother?" asked Jaguar.

"Sister Shark," replied Crab. "She swims off to the left. I can't throw my eyes into the water if Shark is about."

"You can throw your eyes out of your head? This I must see," exclaimed Jaguar.

"All right, Shark has gone. Watch carefully." So saying, Crab popped his eyes from his head and tossed them far out into the ocean.

He then sang,

Eyes oh eyes, fly far away.
Then return home, and show what you've seen.

It wasn't long before Crab's eyes flew back into his head.

"That's stupendous!" exclaimed Jaguar. "Do it for me. Take my eyes out and send them into the sea."

"Not now, Brother. Sister Shark has grown curious and she's swimming this way."

"I'm Jaguar. Jaguar isn't afraid of Shark. I insist that you do it now. Throw my eyes into the sea."

"Very well, Brother Jaguar, but don't say that I didn't warn you," replied Crab.

He sang,

> *Eyes oh eyes, fly far away.*
> *Then return home, and show what you've seen.*

Jaguar's eyes jumped out of his head and flew into the ocean. Suddenly, he realized that he was blind. Frightened, he growled, "Bring my eyes back now, Brother Crab, or I'll get mad, really mad."

Crab said, "They're your eyes. You call them back."

Jaguar roared,

> *Eyes oh eyes, far out to sea.*
> *Fly home now. Come back to me.*

His eyes didn't hear. His eyes didn't obey. Jaguar was still blind.

"Help me, Brother Crab," he snarled, "or I'll devour you."

"The problem is that you growl and yell and roar. If you would sing harmoniously, your eyes would return. Listen closely—

128

Eyes of my brother, far out to sea.
Fly home now, and show what you've seen.

Jaguar's eyes flew back and popped into his head. They had seen much while in the ocean. Jaguar began to purr and sigh and laugh with delight.

"I must see more. Please do it for me again, my brother. Send my eyes back into the sea."

"Now isn't a good time. Sister Shark may be near."

Jaguar hissed, "Just one more time. Then I'll leave you alone."

Crab agreed and sang,

Eyes of my brother, fly far away.
Then return home and show what you've seen.

Jaguar's eyes flew out of his head and plopped into the sea. Suddenly, a great *slurp!* was heard. Sister Shark had swallowed them whole.

Crab quickly sang for Jaguar's eyes to return, but they didn't come back.

Jaguar screeched in his sweetest voice, but they didn't come back.

Roaring with fear and anger, blind Jaguar began to jump and claw at the sand, trying to catch Crab with his sharp claws.

Crab quickly scuttled into the ocean and disappeared under the water.

Jaguar lay down and cried. If he couldn't see, he couldn't hunt. He would die of hunger.

Just then, King Condor dropped down from the sky and landed on the sand, next to Jaguar.

"Why do you cry, my brother?" asked Condor.

"Sister Shark has eaten my eyes, and I'll soon die."

"You are in a bad way," agreed Condor, "but perhaps I can help."

"Yes, oh yes," cried Jaguar. "Help me to see again and I'll repay you. I'll hunt game for you, I promise."

King Condor flapped his immense wings and flew away. He returned soon after with a pot of hard paste from the curi tree. He built a fire and used a stick to stir and stir, melting the paste into a soft goo. Condor spread the curi paste over Jaguar's eye sockets.

Jaguar jumped up and ran around in circles, screaming in pain.

"It burns, King Condor, it burns!" he cried.

"Open your eyes, Brother," explained Condor. "You must open your new eyes."

Jaguar obeyed and the burning stopped. His new eyes were yellow and glowed with brilliance. He could see even better than before.

130

"Now go hunt both of us something to eat," said Condor. "All this work has made me hungry."

Ever since that long—ago time, the people of the Pemón tribe say this is why all jaguars have luminous yellow eyes. And, they add, this is why Jaguar hunts with generosity, always leaving something extra for Condor.

El arroja ojos

Del pueblo pemún de Venezuela

Un día, Jaguar caminaba por la playa y vio a Cangrejo mirando al mar con atención.

— ¿Qué estás mirando, hermano — preguntó Jaguar.

— Al hermano tiburón — contestó Cangrejo — . Está nadando a la izquierda. No puedo arrojar mis ojos al agua si Tiburón está por ahí.

— ¿Tu puedes sacar los ojos de la cabeza? Quisiera verlo — exclamó Jaguar.

— Muy bien, Tiburón se ha ido. Mira con cuidado. — Y diciendo esto, Cangrejo se sacó los ojos de la cabeza y los arrojó lejos, dentro del océano. Entonces cantó:

Ojos, ay, ojos, vuelen tan lejos como puedan.
Luego, regresen a casa y cuéntenme todo lo
que vean.

No había pasado mucho tiempo cuando los ojos de Cangrejo volaron de vuelta a su cabeza.

— ¡Eso es increíble! — exclamó Jaguar — . Hazlo para mí. Toma mis ojos y mándalos al mar.

— Ahora no, hermano. El hermano Tiburón se

huele algo y viene nadando en esta dirección.

— Yo soy Jaguar. Jaguar no le tiene miedo a Tiburón. Insisto en que lo hagas ahora. Arroja mis ojos dentro del océano.

— Muy bien, hermano Jaguar — pero no digas que no te lo advertí — contestó Cangrejo.

Entonces cantó:

Ojos de mi hermano, vuelen tan lejos como puedan.
Luego, regresen a casa y cuenten todo lo que vean.

Los ojos de Jaguar saltaron de su cabeza y volaron dentro del océano. De repente, él se dio cuenta de que estaba ciego. Asustado, gruñó — Tráeme mis ojos de vuelta ahora, hermano Cangrejo o me voy a enojar de verdad y mucho.

Cangrejo dijo: — Ahí están tus ojos, llámalos para que vuelvan.

Jaguar gruñó:

Ojos, ay, ojos, del mar profundo,
regresen volando, en un segundo.

Sus ojos no lo escucharon. Sus ojos no le obedecieron. Jaguar todavía estaba ciego.

133

— Ayúdame, hermano Cangrejo — gruñó una vez más — o si no te voy a devorar.

— El problema es que gruñes, gritas y ruges. Si cantaras armoniosamente, tus ojos regresarían. Escucha con atención:

Ojos de mi hermano, que al mar se fueron.
Regresen a casa y cuenten lo que vieron.

Los ojos de Jaguar volvieron volando y se metieron en su cabeza. Habían visto muchas cosas mientras estaban en el océano. Jaguar comenzó a ronronear y a suspirar y a reírse de felicidad.

— Tengo que ver más. Por favor, hazlo otra vez por mí, hermano. Manda mis ojos de vuelta al mar.

— Ahora no es un buen momento. El hermano Tiburón puede andar cerca.

Jaguar dijo lanzando un silbido: — Sólo una vez más. Luego te dejaré en paz.

Cangrejo aceptó y cantó:

Ojos de mi hermano, vuelen tan lejos como puedan.
Luego, regresen a casa y cuenten todo lo que vean.

Los ojos de Jaguar salieron volando de su cabeza

y cayeron al mar. ¡De repente, se escuchó un sorbetón! El hermano Tiburón se los había tragado enteros.

Cangrejo cantó rápidamente para que los ojos de Jaguar regresaran, pero no regresaron.

Jaguar chilló con su voz más dulce, pero no regresaron.

Rugiendo ciego, con temor e ira, Jaguar comenzó a saltar y arañar la arena, tratando de atrapar a Cangrejo con sus agudas garras.

Cangrejo se escabulló rápidamente dentro del océano y desapareció debajo del agua.

Jaguar se acostó a llorar. Si no podía ver, no podría cazar. Se moriría de hambre.

Justo en ese momento, el rey Cóndor bajó del cielo y se posó en la arena, junto a Jaguar.

— ¿Por qué lloras, mi hermano? — preguntó Cóndor.

— El hermano Tiburón se ha comido mis ojos y yo voy a morirme pronto.

— Estás de verdad en problemas — asintió Cóndor — pero tal vez te pueda ayudar.

— ¿De veras? — dijo Jaguar — . Ayúdame a ver de nuevo y te pagaré el favor. Cazaré animales para ti, te lo prometo.

135

El rey Cóndor batió sus alas y se alejó volando. Regresó luego con un pote de una pasta dura del árbol de curi. Prendió un fuego y con un palito batió y batió, derritiendo la pasta hasta que se puso blanda. Cóndor untó la pasta de curi en los huecos de los ojos de Jaguar.

Jaguar saltó y corrió de arriba a abajo en círculos, gritando de dolor.

— ¡Me quema, rey Cóndor, me quema! — gritó él.

— Abre tus ojos, hermano — explicó Cóndor — . Tienes que abrir tus nuevos ojos.

Jaguar obedeció y la quemazón paró. Sus nuevos ojos eran amarillos y brillantes. Podía ver incluso mejor que antes.

— Ahora ve a cazar algo para que ambos comamos — dijo Cóndor — . Todo este trabajo me ha dado hambre.

Desde ese lejano día, la gente de la tribu pemún dice que por eso es que los jaguares tienen unos ojos amarillos y brillantes. Y además, añaden, por eso es que todos los jaguares cazan con generosidad, dejando siempre algo extra para Cóndor.

Too Clever

Some say that being clever is a good thing. Others say that being clever can result in trouble, trouble, trouble.

Long ago in Uruguay, Señor Rooster lived with a large flock of hens, had plenty to eat, and announced the rising of the sun each morning. Life was good.

One afternoon Señor Rooster flew up to the highest branch of the tallest tree in the forest to survey his kingdom.

Looking far to the north, he crowed *Cock-a-doodle-doo!* announcing that all was well.

Checking far to the east, he crowed, *Cock-a-doodle-doo!* announcing that all was well.

Seeing far to the south, he crowed, *Cock-a-doodle-doo!* announcing that all was well.

Peering far to the west, he crowed, *Cock-a-doodle-doo!* announcing that all was well.

Señor Rooster then closed his eyes to take a well deserved nap.

"Excuse me, Señor Rooster, please wake up," called Señor Fox from the base of the tree. He was hungry.

Señor Rooster opened one eye, then the other. *Who*, he thought, *could be so rude as to interrupt my nap?*

"Please forgive me, Señor Rooster, but something important has happened. I've been sent to give you the news before everyone else hears about it."

"What news? Be quick and tell me, Señor Fox, so I can go back to sleep."

"Oh, it wouldn't do for me to yell it out," said the fox. "All the birds and other animals will hear. Come down out of the tree and I'll whisper the news into your ear."

Señor Rooster laughed. "You forget, my friend, that I'm as clever as you. If I fly down from the safety of this tree, you'll gobble me up. Is that your big news? That you're eating me for dinner?"

"Me, eat you?" replied Señor Fox. "Impossible, dear friend, especially now, with the new decree and all."

"What are you talking about?"

"That's the news I've brought. From now on the forest is a place of peace among all the animals, birds, fish and insects. No one can harm another. The new law makes it clear that if I even tried to catch you, I would be banished from the forest forever. So come on down and let's talk over all the details. You get to explain the new law to everyone tomorrow morning, when you announce the sun."

"This is wonderful news!" cried Señor Rooster. "You are telling me the truth, isn't that so?"

"Absolutely," declared the fox. "I cannot lie to you now that we are going to be friends. So come down and let's chat. I'll even walk you back to your henhouse."

Señor Rooster flapped his wings, ready to fly from the high branch, when a movement in the far west caught his eye. He stopped flapping and looked closely. It was a pack of wild dogs heading toward the tree.

"My, my," said Señor Rooster from on high. "Some of our new friends are coming this way. I see five — no, six — no, seven! Yes, seven wild dogs who look anxious to find you, Señor Fox. I'll bet they've heard the good news."

"Wild dogs? A whole pack? After me? I mean, heading this way?"

"Absolutely true."

"Where are they coming from — the east, the west? Please, Señor Rooster, tell me," begged Señor Fox, jumping up and down.

"From the east."

"Well then, I'd better be going. I'll catch up with you later today with the rest of the news."

Señor Fox ran to the west, as fast as he could go.

"Wait," cried Señor Rooster, "Did I say the dogs are coming from the east? I meant the west."

That was the end of Señor Fox. Sometimes, it doesn't pay to be too clever.

Demasiado listo

Alguna gente dice que ser listos es una buena cosa. Otros dicen que ser listos puede producir problemas, problemas y más problemas.

Hace mucho tiempo, en Uruguay, el señor Gallo vivía con una gran camada de gallinas, tenía abundante comida y anunciaba la salida del sol cada mañana. Se daba una buena vida.

Una tarde, el señor Gallo voló hasta la rama más alta del árbol más alto del bosque para dar un vistazo a su reino.

Mirando a lo lejos hacia el norte, cantó su *¡Quiquiriquí!*, anunciando que todo andaba bien.

Revisando a la distancia hacia el este, cantó su *¡Quiquiriquí!*, anunciando que todo andaba bien.

Mirando a lo lejos hacia el sur, cantó su *¡Quiquiriquí!*, anunciando que todo andaba bien.

Auscultando a la distancia hacia el oeste, cantó su *¡Quiquiriquí!*, anunciando que todo andaba bien.

El señor Gallo cerró entonces los ojos para tomar su bien merecida siesta.

— Perdón, señor Gallo, despiértate — le dijo el señor Zorro desde la base del árbol. Él tenía hambre.

143

Pleasant DeSpain

El señor Gallo abrió un ojo y luego el otro. *¿Quién, pensó él, podría ser tan rudo como para interrumpir mi siesta?*

— Por favor, perdóname, señor Gallo, pero ha sucedido algo importante. Me han mandado a darte la noticia antes de que nadie más la escuche.

— ¿Qué noticia? Dígame rápidamente, señor Zorro, para que pueda seguir durmiendo.

— Ah, no va a funcionar si tengo que gritar — dijo el zorro —. Todos los pájaros y los demás animales oirían. Baja del árbol y te susurraré las noticias al oído.

El señor Gallo se rió. — Se te ha olvidado, amigo mío, que soy más listo que tú. Si volara de este árbol, donde estoy seguro, tú me comería de un bocado. ¿Son ésas tus grandes noticias? ¿Que me vas a comer para tu cena?

— Yo, ¿comerte? — contestó el zorro —. Imposible, querido amigo, especialmente con el nuevo decreto y todo.

— ¿De qué estás hablando?

— Ésas son las noticias que te he traído. De hoy en adelante, el bosque es un lugar de paz entre todos los animales, pájaros, peces e insectos. Nadie le puede hacer daño a nadie más. La nueva ley deja

144

muy claro de que si tan siquiera yo trato de atraparte, me echarán del bosque para siempre. De modo que, baja y hablaremos de todos los detalles. Te toca explicarle la nueva ley a todo el mundo mañana por la mañana, cuando anuncies la salida del sol.

— ¡Ésas son fantásticas noticias! — exclamó el señor Gallo — . Me estás diciendo la verdad, ¿no es cierto?

— De cabo a rabo — declaró el zorro. Yo no te puedo mentir ahora que vamos a ser amigos. De modo que baja y charlamos. Hasta te acompañaré de vuelta al gallinero.

El señor Gallo dio unos aletazos, listo a volar desde la alta rama, cuando un movimiento a la distancia hacia el oeste le llamó la atención. Dejó de aletear y miró con más atención y vio que una manada de perros salvajes se dirigía al árbol.

— Caramba, caramba — dijo el señor Gallo desde lo alto — . Algunos de nuestros nuevos amigos vienen en esta dirección. ¿Veo cinco, no, seis, no, siete? Sí, siete perros salvajes que parecen ansiosos por encontrarte, señor Zorro. Apuesto que escucharon las buenas noticias.

— ¿Perros salvajes? ¿Toda una manada? ¿Buscándome? Quiero decir, ¿viniendo en esta dirección?

— Completamente cierto.

— ¿De dónde vienen, del este, del oeste? Por favor, señor Gallo, dígame — imploró el señor Zorro, saltando de arriba a abajo.

— Vienen del este.

— Bueno, será mejor que me vaya. Nos vemos más tarde y te daré el resto de las noticias.

El señor Zorro corrió hacia el oeste, tan rápido como pudo.

— Un momento — gritó el señor Gallo — , ¿dije que los perros venían del este? Quise decir, del oeste.

Ese fue el final del señor Zorro. Algunas veces no paga ser demasiado listos.

The Turquoise Ring

Chile

Long ago in Chile, a poor widow lived with her three grown sons. They had little money for food and clothes, and one day the young men decided to go in search of wealth.

The oldest brother said, "I'll get a job and bring plenty of silver pesos home."

The second-born said, "I'll find a treasure and buy us a big new house."

The youngest, however, said nothing. His name was Jacinto, which means "purple flower". He was a dreamer who listened to songbirds and watched clouds form pictures in the sky. He spent entire days on the beach collecting beautiful and unusual shells. The older boys teased Jacinto for being lazy and said that he, too, must go and find good fortune.

It wasn't long before the oldest son found a job.

Soon thereafter, the middle son found a wallet alongside the road, stuffed with money.

Jacinto returned and placed a beautiful pink and white seashell on the table.

His brothers grew angry. "Get out, Jacinto," the oldest said. "You do not deserve to live with us. Take

Pleasant DeSpain

your stupid shell and go!"

With sadness in his eyes, the young man did as he was told. He walked to the ocean and sat on the sand. He put the shell to his ear, but he didn't hear the roar of the sea.

"Ah," Jacinto said aloud, "my shell is full of sand."

He tipped the shell down and when the sand poured out, so did a silver ring set with a shimmering turquoise stone. Jacinto's eyes opened wide as he picked it up and placed it on his finger. It fit perfectly.

Just then, two large men with cruel faces rode by on strong horses. Heavy saddlebags were tied on behind their saddles. The men pulled up and stopped in front of Jacinto. Fearing that they would take his new treasure, the boy quickly twisted the ring around on his finger. The turquoise now lay hidden in his closed hand.

"What happened to the lad?" one of the riders asked the other. "I saw him a second ago, but now he's gone."

"It's spooky," said his companion. "He vanished into thin air."

They are joking with me, thought Jacinto. *I'm*

standing right in front of them. *How could they miss me? I'll play a joke on them.*

Jacinto walked around behind the men and lifted the hats from their heads. He then set the wrong hat on each head.

"Yikes!" yelled the first man.

"It's the devil's work!" hollered the other.

They really can't see me, Jacinto realized. *It must be the ring. I turned it on my finger and I became invisible. This could get interesting.*

The first man said, "It's the Seven-Headed Beast. He's working his magic on us because we stole all the silver from his cave."

"Yes," agreed the second thief. "He knows we carry his treasure in these saddlebags, and he wants it back. What should we do?"

Thinking quickly, Jacinto picked up a large piece of driftwood and began beating the men about the shoulders. All they saw was a magical piece of wood chasing them and striking them hard. They took off running down the beach, hollering all the way.

Laughing loud, Jacinto twisted the ring to become visible once again. He grabbed the reins of the second horse, climbed up on the first, and rode toward home.

"Won't Mother be happy?" he asked the wind.

Jacinto's brothers were jealous when they saw how much money he spilled out onto the table.

"You're too young to have so much wealth," said the oldest boy. "I'll take charge of the money."

"It's for Mother," said Jacinto.

"And since I'm second-born, I'll be second-in-charge," said the other. "We'll also take your two horses. You're too young to ride."

"And give me the pretty ring you wear," said the oldest.

"No!" yelled Jacinto. He ran out of the house, leapt up on the strongest horse, and rode away to safety.

A few weeks later, he returned to check on his mother. His brothers had spent nearly all the money and were still in town, gambling away the rest. Jacinto took his mother to another village, far away. He bought her a nice house and gave her money for food and clothes.

"My jealous brothers didn't get all the treasure," he explained.

Just as Jacinto prepared to begin another adventure, a terrible wailing came from the town square. The people gathered there explained that a monster had come in the night.

"It's the Seven-Headed Beast," they cried. "He carried off seven of our children. He eats one child each day of the week."

Outraged, Jacinto rode to the beast's mountain cave. He twisted the turquoise ring and became invisible. "I challenge the cowardly beast with the seven ugly heads to come out and fight me!" he yelled.

Roaring with anger, the monster leapt out of the cave ready to devour his opponent. But where was the challenger? As the beast hesitated, Jacinto drew his sword and cut off the seven heads, one by one. The beast fell to the ground, dead.

Jacinto twisted the ring back just as the seven children ran from the cave. They hugged him tight and thanked him again and again as he escorted them back to their village.

A wondrous feast was given in Jacinto's honor. Everyone seemed happy but one beautiful girl.

"Why are you so sad?" Jacinto asked.

"It's because of my brother. He was stolen away last month by the One-Legged Pirate. Once each month, under the full moon, the One-Legged Pirate comes ashore to take another boy into slavery."

"The moon is full tonight," said Jacinto. "Let's see if the pirate wants me."

Jacinto ran to the beach and lay down, pretending to sleep. It wasn't long before he heard *thud-thud-thud* as the pirate hopped across the sand on his one leg. Jacinto let himself be picked up and tossed into a sack. Bouncing up and down, he was carried to the water's edge and tossed into a small boat. The pirate rowed with his prize to his ship, anchored close by. He carried Jacinto up the ladder and dropped him on the deck.

"Untie the bag and let's have a look at our new sailor," he said to one of the other slave boys.

Jacinto twisted the ring. The bag was opened. Nobody was there! The pirate was so angry that he jumped up and down on the deck on his one leg. Jacinto crept out of the bag and, with a mighty shove, pushed the pirate over the rail and watched him tumble into the dark sea. His one-legged body sank to the bottom like an evil stone.

The sailor-slaves cheered and thanked Jacinto for their freedom. Among them was the brother of the beautiful girl Jacinto had met at the feast. He rowed Jacinto back to the beach in the small boat. The girl, along with all the other villagers, greeted them on the

154

shore, and everyone agreed that the ship and all its treasure belonged to the hero.

Jacinto explained to the girl that he was in love with her, and asked for her hand in marriage. She agreed, saying, "Yes, please."

And so it was that Jacinto the dreamer became a good son, a proud husband, a wealthy man, and eventually, the leader of his new village. All with the help of his turquoise ring.

El anillo turquesa

Había una vez hace mucho tiempo en Chile, una viuda pobre que vivía con sus tres hijos ya mayores. Tenían poco dinero para comprar alimentos y ropa, y un día, los tres jóvenes decidieron salir a buscar fortuna.

El hermano mayor dijo: — Conseguiré un empleo y traeré abundantes pesos de plata a casa.

El segundo hermano dijo: — Encontraré un tesoro y compraré una casa nueva y grande para todos.

El más joven, sin embargo, no dijo nada. Su nombre era Jacinto, que quiere decir "flor púrpura". Él era un soñador a quien le gustaba escuchar los pájaros cantores y mirar cómo las nubes formaban imágenes en el cielo. Pasaba días enteros en la playa, coleccionando conchas raras y hermosas. Los hermanos mayores se burlaban de Jacinto por ser perezoso y decían que él también debía salir a buscar fortuna.

No había pasado mucho tiempo cuando el hermano mayor encontró un empleo.

Poco después, el hermano del medio encontró

una billetera llena de dinero a la vera del camino.

Jacinto regresó y colocó en la mesa una hermosa concha marina de color rosado y blanco.

Sus hermanos se enojaron. — Vete, Jacinto — dijo el hermano mayor — . No mereces vivir con nosotros. ¡Coge tu estúpida concha y vete!

Con tristeza en sus ojos, el joven hizo lo que le dijeron. Caminó hacia el océano y se sentó en la arena. Puso la concha en su oído, pero no escuchó el rugir del mar.

— Ah — dijo Jacinto en voz alta — mi concha está llena de arena.

Le dio la vuelta a la concha y cuando la arena salió, salió también un anillo de plata con una brillante turquesa. Los ojos de Jacinto se abrieron de par en par al recogerlo y ponérselo en el dedo. Le ajustaba perfectamente.

Justo entonces, dos hombrones de aspecto cruel pasaron por ahí, montados en fuertes caballos. Detrás de sus monturas estaban atadas unas pesadas alforjas. Los hombres se detuvieron en frente a Jacinto. Temiendo que se fueran a llevar su nuevo tesoro, el muchacho le dio rápidamente la vuelta al anillo en su dedo. La turquesa estaba ahora en su mano cerrada.

— ¿Qué pasó con el joven? — le preguntó uno de los jinetes al otro —. Lo vi hace un segundo, pero ahora ha desaparecido.

— Qué espanto — dijo el compañero —. Se esfumó en el aire. *Se están burlado de mí, pensó Jacinto.*

Estoy parado justo en frente de ellos. ¿Cómo es que no me pueden ver? Les haré una broma.

Jacinto se metió detrás de ellos y les quitó los sombreros de la cabeza. Luego le puso a cada uno el sombrero del otro en la cabeza.

— ¡Qué pasa! — gritó el primer hombre.

— ¡Es obra del demonio! — gritó el otro.

De verdad no me pueden ver, pensó Jacinto. Debe ser el anillo. Lo volteé en el dedo y me volví invisible. Esto se puede poner interesante.

El primer hombre dijo: — Es la Bestia sietecabezas. Nos está haciendo su magia porque le robamos toda la plata de su cueva.

— Sí, estoy de acuerdo — asintió el segundo ratero —. Sabe que llevamos su tesoro en estas alforjas y lo quiere de vuelta. ¿Qué debemos hacer?

Pensando con rapidez, Jacinto agarró una tabla grande de madera arrojada por el mar y empezó a golpear a los hombres en los hombros. Todo lo que ellos vieron fue un pedazo mágico de madera persiguiéndolos y golpeándolos fuertemente. Corrieron playa abajo, gritando por todo el camino.

Riéndose a carcajadas, Jacinto le dio vuelta al anillo para volverse otra vez visible. Agarró las riendas del segundo caballo, se montó en el primero y se dirigió a su casa.

— ¿No estará Mamá feliz? — le preguntó al viento.

Los hermanos de Jacinto estaban celosos cuando vieron todo el dinero que él dejó caer en la mesa.

— Eres muy joven para tener tanta fortuna — dijo el hermano mayor —. Yo me encargaré del dinero.

— Es para Mamá — dijo Jacinto.

— Y ya que yo soy el segundo, yo seré el segundo encargado — dijo el hermano del medio —. También nos haremos cargo de tus dos caballos. Eres muy joven para montar.

— Y dame el precioso anillo que usas — dijo el mayor.

— ¡No! — gritó Jacinto —. Se fue corriendo de la casa, saltó al caballo más fuerte y cabalgó para ponerse a salvo.

Unas semanas más tarde, regresó para ver cómo

estaba su mamá. Sus hermanos se habían gastado casi todo el dinero y todavía estaban en el pueblo, jugándose el resto. Jacinto se llevó a su mamá lejos a otro pueblo. Le compró una buena casa y le dio dinero para ropa y alimentos.

— Mis celosos hermanos no se quedaron con todo el tesoro — explicó él.

Justo cuando Jacinto se preparaba para empezar otra aventura, escuchó un gemido terrible proveniente de la plaza del pueblo. La gente allí reunida le explicó que un monstruo había venido por la noche.

— Es la Bestia sietecabezas — gritaron —. Se llevó siete de nuestros niños. Esa bestia se come un niño cada día de la semana.

Escandalizado, Jacinto cabalgó hasta la cueva de la bestia en la montaña. Le dio la vuelta al anillo de turquesa y se volvió invisible. — ¡Desafío a la bestia cobarde de las siete feas cabezas a que salga y pelee conmigo! — gritó él.

Rugiendo de ira, el monstruo saltó de la cueva, listo a devorar a su oponente. Pero, ¿dónde estaba su oponente? Mientras que la bestia vacilaba, Jacinto desenfundó su espada y cortó una por una las siete cabezas. La bestia cayó al piso, muerta.

Jacinto le dio la vuelta al anillo en el momento en que los siete niños salían corriendo de la cueva. Ellos lo abrazaron fuertemente y le agradecieron una y otra vez, mientras él los escoltaba de regreso al pueblo.

Se celebró una fiesta maravillosa en honor de Jacinto. Todo el mundo parecía feliz, menos una hermosa muchacha.

— ¿Por qué estás tan triste? — le preguntó Jacinto.

— Es a causa de mi hermano. Se lo robó el mes pasado el Pirata Patasola. Una vez al mes, bajo la luna llena, el Pirata Patasola viene a tierra para llevarse a otro joven de esclavo.

— La luna está llena esta noche — dijo Jacinto —. Veamos si el pirata me quiere llevar a mí.

Jacinto corrió a la playa y se acostó, aparentando dormir. No había pasado mucho tiempo cuando oyó el tun, tun, tun del pirata saltando en su única pierna por la arena. Jacinto dejó que lo agarraran y que lo echaran en una bolsa. Balanceando de arriba a abajo, lo llevaron hasta la orilla del agua donde lo echaron en un pequeño bote. El pirata remó con su premio hasta su barco, anclado cerca. Cargó a Jacinto escalera arriba y lo descargó en el casco del barco.

— Desamarra la bolsa y miremos a nuestro nuevo marinero — le dijo a uno de sus jóvenes esclavos.

Jacinto le dio la vuelta al anillo. La bolsa se abrió. ¡Nadie estaba adentro! El pirata estaba tan enojado que brincó de arriba a abajo en su única pierna. Jacinto salió silenciosamente de la bolsa y con un gran empujón, lanzó al pirata por la borda del barco y lo vio caer en el oscuro océano. Su cuerpo con una sola pierna se hundió hasta el fondo como una piedra diabólica.

Los marineros esclavos aplaudieron y le agradecieron a Jacinto por su libertad. Entre ellos estaba el hermano de la hermosa muchacha que Jacinto había conocido en la fiesta. Él llevó a Jacinto de vuelta a la playa en un pequeño bote. La muchacha, junto con otra gente del pueblo, los recibió en la playa y todo el mundo estuvo de acuerdo en que el barco con todo su tesoro pertenecía al héroe.

Jacinto le explicó a la muchacha que estaba enamorado de ella y le pidió que se casara con él. Ella asintió diciendo: "Sí, por favor".

Y así fue como, Jacinto, el soñador, se convirtió en un buen hijo y en un marido orgulloso, en un hombre rico y, eventualmente, en el líder de su nuevo pueblo. Todo con la ayuda de su anillo de turquesa.

Ashes for Sale

Mexico

Long ago, two neighbors lived in a small village near the city of León. They did their best to make their way in the world.

Pedro was sweet-mannered and trusting.

Naldo was mean-spirited and clever.

One fine day Pedro met Naldo on the road. Naldo was carrying a heavy sack of white flour on his shoulder.

"What are you taking to town to sell today?" asked Pedro.

Anyone could see that it was flour, but Naldo said, "Ashes from my fireplace. The people of León are in desperate need of our ashes."

"What do they need ashes for?" asked Pedro.

"Fertilizer. It's just been discovered that the ashes from our village help vegetables and flowers grow to twice their normal size in León. I'm going to make a small fortune."

Naldo left Pedro pondering this new development and went on his way. After selling his flour in the León marketplace, he returned the following day with a pocketful of money.

Pleasant DeSpain

Pedro was impressed and immediately began gathering ashes for a journey of his own. He offered to sweep out the fireplaces of every house in the village at no charge. Three days later, he had two full sacks. He put one on each shoulder and began the long walk to León early the next morning.

"Ashes for sale! I've got ashes from my village, just the kind you want for your gardens. Ashes for sale!" hollered Pedro as he walked up and down the many streets of the city.

The citizens of León looked strangely at him, and several questioned his sanity. Though he walked and yelled all day long, he didn't sell so much as a cupful. By the time the sun began to set, poor Pedro knew that he had been made a fool. He sat on a sidewalk, put his head in his hands, and began to weep.

A young boy approached. "Don't cry, mister," he said. "I'll buy your ashes."

"You will?" asked Pedro.

"I don't have any money, but I can trade with you. My scary mask for your worthless ashes."

The boy held out a frightful wooden mask, carved to look like a demon. Painted red with black stripes, it had holes for its eyes and nose, while its wickedly grinning mouth sprouted sharp, jagged teeth.

"Mama says I can't bring it into the house, because it scares her so. I don't want to throw it away, so you take it."

"But what will you do with my ashes?" asked Pedro.

"Carry them home and play a joke on Mama. I'll tell her that I traded the mask for two bags of flour. When she opens the bags and sees the ashes, she'll think they were cursed by the demon mask. Then I'll tell her the truth and we'll laugh."

Pedro agreed to the trade, put the mask in his back pocket, and began the long walk home. It was cold and dark, and Pedro was tired. He saw a campfire light in the distance and decided to ask for a place to sleep.

The three rough-looking men who sat around the fire were thieves of the worst kind. They would steal a crippled grandmother's cane if they could sell it for a peso. Seeing that Pedro was as poor as a cockroach, they let him stay. He curled up by the fire and went to sleep hungry.

An owl, sitting in a nearby tree, hooted in the middle of the night. Pedro awoke and was afraid. His mother had told him that owls foretell of a death to come. He pulled the frightful mask from his pocket and put it on. *Mr. Death won't recognize me if I wear this,* he said to himself.

Just as Pedro lay back down, one of the thieves awoke and saw the demon asleep by the fire.

"Ayy ayy ayy!" he yelled, waking the two other thieves. "It's the Demon of Death. He's here to take me away tonight. Save me. Please save me!"

The other two thieves jumped up, grabbed onto each other, and started to back away from the reclining monster. Pedro stood up, facing the frightened men.

"It's just a mask!" he shouted, but with the disguise garbling his speech the men heard, "Today's your last!"

"Run!" cried the leader of the thieves. "Run for your lives!"

Run they did, away from the campfire and deep into the forest. They ran for all the hours left in the night and were miles away when the sun rose in the east.

When Pedro realized that they weren't coming back, he took the mask off and went back to sleep. Early the next morning he found the bandits' treasure, a leather bag filled with gold and jewels, hidden at the base of a nearby tree.

"I'm rich!" he yelled.

Pedro tied the bag securely to his waist and ran all the way back to his village. He went to Naldo's house and showed him the treasure.

"It was just as you said. The people of León were crazy for my ashes. I should have taken four bags to sell. But now I'm rich and won't have to worry about such things."

It took Naldo a full week to gather enough ashes to fill four bags. He carried them to León on a cart. He was gone a long time. In fact, he never returned to the village. Perhaps it hurts too much to be fooled by a fool.

Cenizas a la venta

Hace mucho tiempo, dos vecinos vivían en un pueblo pequeño cerca de la ciudad de León. Cada cual hacía lo que mejor podía para subsistir.

Pedro era de modales suaves y confiaba en los demás.

Naldo era malvado y listo.

Un buen día, Pedro se encontró con Naldo en el camino. Naldo cargaba a la espalda una pesada bolsa de harina blanca.

— ¿Qué llevas al pueblo hoy para vender? — preguntó Pedro.

Cualquiera podía ver que era harina, pero Naldo dijo: — Cenizas de mi chimenea. La gente de León necesita nuestras cenizas con urgencia.

— ¿Para qué necesitan cenizas? — preguntó Pedro.

— De fertilizante. Se acaba de descubrir que las cenizas de nuestro pueblo ayudan a que las verduras y las flores de León crezcan el doble de su tamaño normal. Voy a hacer una pequeña fortuna.

Naldo dejó a Pedro pensando acerca de esta novedad y siguió su camino. Después de vender su harina en el mercado de León, regresó al día siguiente con los bolsillos llenos de dinero.

Pedro estaba impresionado e inmediatamente empezó a recolectar cenizas para hacer un viaje por su cuenta. Se ofreció a limpiar las chimeneas de todas las casas del pueblo, sin costo alguno. Tres días más tarde tenía dos bolsas llenas. Se puso una en cada hombro y a la mañana siguiente empezó el largo camino a pie hasta León.

— ¡Cenizas a la venta! Tengo cenizas de mi pueblo, justo del tipo que necesitan para sus jardines. — ¡Cenizas a la venta! — gritaba Pedro mientras caminaba de arriba a abajo por muchas calles de la ciudad.

Los habitantes de León lo miraban extrañados y muchos se preguntaban si estaría loco. Aunque caminó y gritó todo el día, no vendió ni siquiera un tazón. Cuando el sol empezó a ponerse, el pobre Pedro cayó en cuenta que se habían burlado de él. Se sentó en la acera, se cogió la cabeza con las manos y empezó a sollozar.

Un muchachito se le acercó y le dijo: — No llore, señor, yo le compraré sus cenizas.

— ¿Tú me las comprarás? — preguntó Pedro.

— No tengo ningún dinero, pero podemos hacer

171

un trueque. Mi máscara de espantos por tus cenizas sin valor.

El muchacho sacó una máscara de madera de aspecto horripilante. La habían tallado para parecer un demonio. Estaba pintada de rojo con rayas negras y tenía huecos para los ojos y la nariz, mientras que su boca mostraba una sonrisa perversa con unos dientes salidos, puntiagudos y aserrados.

— Mamá dice que no la puedo llevar a la casa porque la asusta. Como no la quiero botar, se puede quedar con ella.

— Pero, ¿qué harás con mis cenizas? — preguntó Pedro.

— Las llevaré a casa para hacerle una broma a Mamá. Le diré que cambié la máscara por dos bolsas de harina. Cuando abra las bolsas y vea cenizas, creerá que estaban embrujadas por la m scara del demonio. Luego le diré la verdad y nos reiremos.

Pedro estuvo de acuerdo con el trueque, se puso la máscara en el bolsillo de atrás e inició el largo camino a casa. Hacía frío y estaba oscuro y Pedro estaba cansado. Vio la luz de una fogata en la distancia y decidió pedir que lo dejaran dormir allí.

Los tres hombres de aspecto duro que estaban sentados alrededor del fuego eran ladrones de la peor

172

calaña. Le robarían hasta el bastón a una abuelita inválida si lo pudieran vender por un peso. Viendo que Pedro era más pobre que una cucaracha, lo dejaron quedar. Él se acostó junto al fuego y se quedó dormido con hambre.

Un búho ululaba en un árbol cercano en medio de la noche. Pedro se despertó y sintió miedo. Su mamá le había dicho que los búhos presagian la muerte. Él sacó la máscara espantosa de su bolsillo y se la puso. *La señora muerte no me reconocerá si uso esto*, dijo para sí.

En el momento en que Pedro se volvió a recostar, uno de los ladrones se despertó y vio al demonio durmiendo junto al fuego.

— ¡Ayy ayy ayy! — gritó, despertando a los otros dos ladrones —. Es el demonio de la muerte. Ha venido para llevarme esta noche. Sálvenme. ¡Sálvenme, por favor!

Los otros dos ladrones saltaron, se abrazaron y empezaron a alejarse del monstruo que se estaba reclinando. Pedro se levantó, mirando a los asustados hombres.

— Es una máscara de madera — gritó —, pero con la máscara distorsionando su voz, los hombres entendieron: "¡Se los va a tragar la tierra!"

173

— ¡Corramos! — gritó el líder de los ladrones —.
¡Corramos para salvarnos!

Y corrieron como locos, alejándose de la hoguera
en dirección al bosque. Corrieron todo lo que
quedaba de la noche y estaban a kilómetros de
distancia al salir el sol por el este.

Cuando Pedro se dio cuenta de que no iban a
volver, se quitó la máscara y se volvió a dormir.
Temprano, a la mañana siguiente, encontró el tesoro
de los bandidos, una bolsa de cuero llena de oro y
joyas, que estaba escondida junto al tronco de un
árbol cercano.

— Soy rico — gritó.

Pedro amarró bien la bolsa a su cintura y corrió
todo el camino de vuelta a su pueblo. Fue a la casa
de Naldo y le mostró su tesoro.

— Fue exactamente como dijiste. La gente de
León se enloqueció con mis cenizas. Debí haber
llevado cuatro bolsas para vender. Pero ahora que
soy rico no tengo que preocuparme de esas cosas.

Naldo gastó cuatro semanas completas para
recoger suficientes cenizas para llenar cuatro bolsas.
Las llevó hasta León en una carreta. Estuvo ausente
por mucho tiempo. De hecho, jamás regresó al
pueblo. Tal vez duela demasiado ser engañados por
un idiota.

Notes

The stories in this collection are retellings of traditional Latin American folktales, myths, and legends.

Motifs given are from Margaret Read MacDonald's *The Storyteller's Sourcebook: A Subject, Title, and Motif—Index to Folklore Collections for Children* (Detroit: Gale/Neal-Schuman, 1982).

The Emerald Lizard
Guatemala, page 15
Motif E121.4 *Resuscitation by saint.*

I fell into conversation with a Guatemalan priest on a flight from Guatemala City to Los Angeles in 1994. He asked if I knew any of the stories of Brother Pedro San Joseph de Bethancourt. I didn't. He shared this beautiful legend in a whisper and explained that the good Brother Pedro is still revered throughout Guatemala.

Other versions are found in *The King of the Mountains* by M.A. Jagendorf & R.S. Boggs (New York: Vanguard Press, 1960), pp. 135-138; and *Ride with the Sun: An Anthology of Folktales and Stories from the United Nations*, edited by Harold Courlander (New York: McGraw-Hill, 1955), pp. 250-252.

Courlander's version is from the Spanish version told by Carlos Samayoa Chinchilla. He explains that Brother Pedro came to Guatemala from Spain in 1651. He created many charitable and health care programs for the poor before his death in 1667. He is entombed at St. Francis Church in Santiago, Guatemala.

Renting a Horse
Haiti, page 23
Motif K1797 *Uncle Bouki rents a horse, then discovers he doesn't need it.*

Uncle Bouki and Ti Malice, two of Haiti's traditional characters, are in the mold of Anansi, the African spider-trickster. I first heard a much taller and drawn-out version of this story while teaching in the Virgin Islands during the summer of 1967. The teller made us listeners groan, not only for the horse, but for the end of the story. I've had success with this abbreviated version for many years.

Another excellent version is found in *Ride with the Sun: An Anthology of Folktales and Stories from the United Nations*, edited by Harold Courlander (New York: McGraw Hill, 1955), pp. 259-264.

See also, *Tall Tales from the High Hills* by Ellis Credle (New York: Nelson, 1957) pp. 64-66.

The Lake of the Moon
The Incan People of Peru page 33
Motif W181 *Jealousy*

The beautiful lakes and high mountain peaks of the Andes were often the source of fantasy, particularly for the Incas. The human characteristics of the moon's vanity and the sun's jealousy make this legend accessible to listeners of all ages and cultures. I've shortened the story while maintaining its essence, in order to bring it back into the oral tradition.

I initially heard this story from Roberto Serrano of Tucson, Arizona. A longer version is found in *Leyendas de los Andes* by Rafael Morales (Madrid: Aguilar, S.A. de Ediciones, 1960) pp. 65-70.

Five Eggs
Ecuador, page 43
Motif T255.4 *The obstinate wife: the third egg.*

Obstinate wife stories, found primarily in Scandinavian folklore, make but an appearance in African and Latin American tales. This delightful strong-character story leaves audiences laughing and nodding their heads, *yes*, as both men and women recognize Angela's resolve.

Two other versions are found in *Stories from the Americas* by Frank Henius (New York: Scribner's, 1944) pp. 53-56; and *Ride with the Sun: An Anthology of Folk Tales and Stories from the United Nations* edited by Harold Courlander (New York: McGraw-Hill, 1955) pp. 217-219.

The Flood
The Huichol People of Mexico, page 53
Motif A1010 *Deluge. Inundation of whole world or section.*

See my introduction on pages 9-12 for an explanation as to how I've come to know and love this myth. See also *Mexican Folk Tales* by Juliet Piggott (New York: Crane Russak & Co., 1976), pp. 74-83.

Why Beetle is Beautiful
Brazil, page 63
Motif A2411.3.3 *Origin of color of beetle.*

I've discovered many variants of the famous race between tortoise and hare, and this is one of my favorites. Initially heard while teaching in the Virgin Islands in 1967, I've refined and told my version over a twenty-five year period. First and second graders love this story, and invariably want to know more about pacas and flying beetles. It's best to come prepared with photos and answers.

Other versions are found in *Folktales of Latin America* by Shirlee Newman (Indianapolis: Bobbs-Merrill, 1962), pp. 67-71; and *South American Wonder Tales* by Frances Carpenter (Chicago: Follett, 1969), pp. 108-113.

The Crocodile Man
Colombia, page 73
Motif: D100-D199 *Transformation man into animal*.

I'm indebted to Colombian poet and author, Mario Lamo, translator for this book, for making me aware of this popular traditional tale from the north coast of his country. He explains that many different song and story versions of "The Crocodile Man" are still sung and told.

Another version is found in *Cuentos de Animales Fantásticos Para Niños,* compiled by Centro De Información y Desarrollo de la Comunicación y La Literatura Infantiles, Coedición LatinoAmericana (Colombia: Editorial Norma, 1984), pp. 23-29.

The Magic Lake
The Incan People of Ecuador, page 85
Motif H1321.1 *Quest for marvelous objects or animals*.

The ancient and universal quest for healing water found at the end of the world is a story to include in current Earth Day celebrations. Inez succeeds because of her willingness to accept the magic inherent in nature.

I initially encountered this story in a Spanish comic book, loaned me by my teenage language tutor, while in Zihuatanejo, Guerrero, Mexico, in 1970. I'm also indebted to another version found in *Latin American Tales: From the Pampas to the Pyramids of Mexico* by Genevieve Barlow (Chicago: Rand McNally, 1966), pp. 68-81.

The Proud Horseman
Costa Rica, page 97
Motif J1612.1.1 *Horseman refuses ride to peasant.*

The people of Costa Rica, the most literate country in Latin America, tell their stories with pride. I resided in the main city, San Jose, during August of 1994. As it rained nearly every afternoon, I had time to listen. Over coffee in a café, an English-speaking German related this tale to me, as directly told to him in Spanish by his Costa Rican wife. I love its dignity as well as its simplicity.

Another version is found in *Ride with the Sun: An Anthology of Folk Tales and Stories from the United Nations* edited by Harold Courlander (New York: McGraw-Hill, 1955), pp. 238-240. He explains that it was translated and adapted from *Cuentos Viejos (Old Tales)* by María de Noguera (Costa Rica: Lehmann & Co., 1952).

Juan Bobo
Puerto Rico, page 105
Motif J1849.5 *Juan Bobo thinks pig wants to go to mass with his mother.*

Every country and culture seems to have a "fool," and in Puerto Rico, his name is Juan Bobo. I visited Puerto Rico in 1967 and heard several tales of this unfortunate but lucky lad. This one is my favorite.

Other versions are found in *The Tiger and the Rabbit and Other Tales* by Pura Belpré (Philadelphia: J.B. Lippincott, 1965), pp. 49-54; and *Three Wishes: A Collection of Puerto Rican Folktales* by Ricardo E. Alegría (New York: Harcourt, Brace & World, 1969), pp. 31-37.

The Señorita and the Puma
Argentina, page 115
Motif B538.3.2 *Maldonado. Girl cares for puma.*

I first heard of Maldonado, a city on the coast of
Uruguay, while on a camping trip deep in the Costa Rican
jungle in 1994. When I asked my jungle host the meaning of
the name, he related the essence of this well-known South
American legend. There is also a Maldonado, on the coast of
Guerrero, Mexico, and a Maldonado, Ecuador, near the
border of Colombia.

Two other versions are found in *The King of the
Mountains: A Treasury of Latin American Folk Stories* by
M.A. Jagendorf & R.S. Boggs (New York: Vanguard, 1960),
pp. 23-27; and *Folk Tales of Latin America* by Shirlee
Newman (Indianapolis: Bobbs-Merrill, 1962), pp. 83-88.

Tossing Eyes
The Pemón People of Venezuela, page 127
Motif A2220. *Animal characteristics as reward.*

The Pemón Tribe lives on the Grand Savannah in the
southern Guyana region of Venezuela. The people, who live
in circular dwellings made of clay, wood, and palm fronds,
enjoy a rich oral tradition. This story not only provides an
interesting twist with the arrival of King Condor, but also
offers the challenge of creating three distinct voices: Crab,
Jaguar, and Condor.

Roberto Serrano related the tale to me in Tucson,
Arizona. Another version is found in *El Tigre y el Cangrejo*
by Verónica Uribe (Caracas, Venezuela: Ediciones Ekaré-
Banco del Libro, 1985). She adapted it from the stories of
Father Cesereo de Armellada, who collected traditional
Pemón stories for more than thirty years.

181

Too Clever

Uruguay, page 139

Motif J1421 *Peace among the animals. (Peace fable)*.

From the time of Aesop to today, this tale continues to be as fun as it is wise. Found in the folkloric cultures of Europe, Russia, and Latin America, it is a winner with young children. The contrasting characters of Señors Rooster and Fox allow for role playing.

See also *The Arbuthnot Anthology of Children's Literature* by Mary Hill Arbuthnot (Chicago: Scott, Foresman, 1961) p. 408; and *Three Rolls and One Doughnut: Fables From Russia* by Mirra Ginsburg (New York: Dial, 1970), p. 48.

The Turquoise Ring

Chile, page 149

Motif D1361.17.1 *Magic ring renders invisible.*

A belief in magic is central to many of the more fanciful Latin American tales, and the dreamer becoming the hero is a nice touch. This much abbreviated telling follows established story principles of using a newfound power (invisibility) to conquer three enemies. Have fun with the various characters and actions, as tameness in telling doesn't suffice here.

I'm indebted to a longer version found in *South American Wonder Tales* by Frances Carpenter (Chicago: Follett, 1969), pp. 151-159. She discovered it in *Folklore Chilien* by Georgette et Jacques Soustelle (Institut International de Coopération Intellectuelle, 1938), as told by Genoveva Oyarzun de Castro.

Ashes for Sale

Mexico, page 165

Motif K335.1.1.2.1 *Robbers think him the devil and flee.*

This delightful tale is kin to others from a wide variety of cultures, ending with robbers fleeing from an imagined demon while leaving their ill-gotten gain behind. A six-month journey throughout Mexico in 1970 provided me with several stories involving ceremonial masks, including this one heard in Mazatlán.

Another version is found in *Tales the People Tell in Mexico* by Grant Lyons (New York: Julian Messner, 1972), pp. 71-79.

See also *Best-Loved Folktales of the World* by JoAnna Cole (New York: Doubleday, 1982), pp. 760-763. An Appalachian variant is in *Jack and the Animals: An Appalachian Folktale* by Donald Davis and illustrated by Kitty Harvill (August House LittleFolk, 1995).

Scary Books and Audiobooks from August House

Scary Stories for All Ages
Roberta Simpson Brown
Audiobook / ISBN 0-87483-302-7

The Scariest Stories Ever
Roberta Simpson Brown
Audiobook / ISBN 0-87483-301-9

Classic American Ghost Stories
Deborah L. Downer
Hardback / ISBN 0-87483-115-6
Paperback / ISBN 0-935305-118-0

Haunted Bayou and Other Cajun Ghost Stories
J.J. Reneaux
Hardback / ISBN 0-87483-384-1
Paperback / ISBN 0-87483-385-X

Cajun Ghost Stories
J.J. Reneaux
Audiobook / ISBN 0-87483-210-1

Favorite Scary Stories of American Choldren
Richard & Judy Young
Paperback / ISBN 0-87483-84-3
Hardback / ISBN 0-87483-395-7
Audiobook (grades K-3) / ISBN 0-87483148-2
Audiobook (grades 4-6) / ISBN 0-87483-175-X

Tales of an October Moon
Marc Joel Levitt
Audiobook / ISBN 0-87483-209-8

August House Publishers P.O. Box 3223 Little Rock, AR 72203
800-284-8784 / order@augusthouse.com

*Multicultural Books and Audiobooks
from August House*

Thirty-three Multicultural Tales to Tell
Pleasant DeSpain
Hardback / ISBN 0-87483-265-9
Paperback / ISBN 0-87483-266-7
Audiobook / ISBN 0-87483-345-0

Twenty-Two Splendid Tales to Tell
Pleasant DeSpain
Paperback, volume I / ISBN 0-87483-340-X
Paperback, volume II / ISBN 0-87483-341-8

Wonder Tales From Around the World
Heather Forest
Hardback / ISBN 0-87483-421-X
Paperback / ISBN 0-87483-422-8
Audiobook / ISBN 0-87483-427-9

Of Kings and Fools
Stories of the French Tradition in North American
Michael Parent and Julien Olivier
Paperback / ISBN 0-87483-481-3

Cajun Folktales
J.J. Reneaux
Hardback / ISBN 0-87483-283-7
Paperback / ISBN 0-87483-282-9

Eleven Nature Tales
Pleasant DeSpain
Hardback / ISBN 0-87483-447-3
Paperback / ISBN 0-87483-458-9

*August House Publishers P.O. Box 3223 Little Rock, AR 72203
800-284-8784 / order@augusthouse.com*

Donald Davis Books and Audiobooks from August House

See Rock City
A Story Journey through Appalachia
Hardback / ISBN 0-87483-448-1
Paperback / ISBN 0-87483-456-2
Audiobook / ISBN 0-87483-452-X

Listening for the Crack of Dawn
Paperback / ISBN 0-87483-130-X
Audiobook / ISBN 0-87483-147-4

Thirteen Miles from Suncrest
Hardback / ISBN 0-87483-379-5
Paperback / ISBN 0-87483-455-4

Barking at a Fox-Fur Coat
Family stories to keep you laughing into the next generation
Hardback / ISBN 0-87483-140-7
Paperback / ISBN 0-87483-087-7

The Southern Bells
Audiobook / ISBN 0-87483-390-6

Christmas at Grandma's
Audiobook / ISBN 0-87483-391-4

Rainy Weather
Audiobook / ISBN 0-87483-299-3

Uncle Frank Invents the Electron Microphone
Tall Tales full of Appalachian Wit
Audiobook / ISBN 0-87483-300-0

August House Publishers P.O. Box 3223 Little Rock, AR 72203
800-284-8784